Miss Popcorn
s'éclate

Miss Popcorn s'éclate

Chantal Beauregard

ADA
J·E·U·N·E·S·S·E

Éditeur : François Doucet
Révision linguistique : Isabelle Veillette
Correction d'épreuves : Nancy Coulombe, Kevin Shanks
Conception de la couverture : Tho Quan
Photo de la couverture : © Thinkstock
Mise en pages : Sébastien Michaud
ISBN papier 978-2-89667-448-0
ISBN numérique 978-2-89683-205-7
Première impression : 2011
Dépôt légal : 2011
Bibliothèque et Archives nationales du Québec
Bibliothèque Nationale du Canada

Éditions AdA Inc.
1385, boul. Lionel-Boulet
Varennes, Québec, Canada, J3X 1P7
Téléphone : 450-929-0296
Télécopieur : 450-929-0220
www.ada-inc.com
info@ada-inc.com

Diffusion
Canada :   Éditions AdA Inc.
France :   D.G. Diffusion
                Z.I. des Bogues
                31750 Escalquens — France
                Téléphone : 05.61.00.09.99
Suisse :   Transat — 23.42.77.40
Belgique :   D.G. Diffusion — 05.61.00.09.99

Imprimé au Canada

Participation de la SODEC.
Nous reconnaissons l'aide financière du gouvernement du Canada par l'entremise du Programme d'aide
au développement de l'industrie de l'édition (PADIÉ) pour nos activités d'édition.
Gouvernement du Québec — Programme de crédit d'impôt pour l'édition de livres — Gestion SODEC.

Table des matières

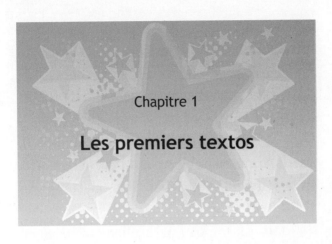

Chapitre 1

Les premiers textos

Dans quelques semaines, j'aurai un petit frère ou une petite sœur. Je ne connais ni son sexe ni son nom pour l'instant. Autrement dit, pas grand-chose. On me réserve la surprise. Je ne peux pas dire que je brûle d'impatience de voir sa binette. Une bonne quinzaine d'années vont nous séparer, lui et moi, ou elle et moi. Il m'arrive de penser que je pourrais presque être sa mère. Ça me fait tout drôle.

En parlant de mère, la mienne est dans un état comateux-pré-accouchement-avancé. Le bébé est son seul sujet de conversation.

Geneviève ne parle que de ça, matin, midi et soir. Ça finit par être lassant.

Depuis mon retour de voyage, elle n'est pas un cadeau. Les avertissements de toutes sortes n'en finissent pas. Je n'en peux plus.

— Prends garde aux coups de soleil, Carol-Anne. N'oublie pas ta crème solaire. Tu te souviens, la dernière fois...

— Oui, maman.

Mais, j'ai la peau naturellement hâlée en permanence. Je ne brûle pour ainsi dire jamais. C'est l'avantage du métissage.

— Ne fais pas ceci. Ce n'est pas comme ça. Ne rentre pas trop tard, Carol-Anne. Tu sais que je m'inquiète pour toi...

Ses recommandations plus qu'inutiles ne me touchent pas. Du moins, en apparence. Je joue la fille aimable et détendue, même si j'en ai assez d'elle. Ma mère se transforme de jour en jour. Je ne la reconnais plus. Et ce n'est pas à cause de son gros ventre.

On dirait un retour en arrière. J'ai 16 ans, mais elle me parle comme si je n'en avais que 5. Parfois, quand elle appelle Gavroche pour qu'il vienne manger ses croquettes, elle prend même la voix d'une petite fille :

— Minou, minou. Viens, beau ti-gris. Viens prendre ton bon miam-miam !

Je ne dis rien. Elle retourne à ses dizaines de toutous en peluche. Zèbre d'Afrique, tigre du Bengale et canard du lac Brome. Bah, c'est tout son univers maintenant. Moi, j'ai d'autres chats à fouetter : préparer la rentrée, par exemple.

Geneviève doit tout racheter pour son nouveau-né, de la table à langer en passant par les biberons et les épingles de sûreté. Pour elle, c'est un nouveau départ, une nouvelle aventure avec Alain, son conjoint de fait. Je ne sais pas sur quel pied danser avec elle. Avec lui non plus, d'ailleurs. Ils dansent mieux sans moi de toute façon. Cha-cha-cha !

Avoir un bébé à 40 ans, c'est la maternité de la dernière chance. Ma mère a le droit de refaire sa vie. Surtout qu'elle va mettre au monde son premier enfant. De mon côté, ce n'est pas comme si j'avais le choix. Je n'ai pas été consultée à ce que je sache. Je n'aurais pas été chaude à l'idée. Mais ils l'ont fait sans me demander la permission.

J'essaie de ne pas trop y penser, même si j'apporte mon téléphone cellulaire partout avec moi pour ne pas rater l'appel de ma mère. Elle veut m'informer, où que je sois, aussitôt qu'elle partira pour l'hôpital. Histoire de partager ce beau moment avec sa fille adoptive.

Par bonheur, je retourne à l'école demain matin. Je vais pouvoir me concentrer sur mes amis, mes cours et mes sorties. Parler de sujets qui m'intéressent. Je suis une fanatique des médias. Je fais du journalisme comme activité parascolaire depuis deux ans. Je couvre toutes sortes d'activités, j'interviewe des personnalités et je rédige des articles pour le Web. J'adore ça !

Il y a aussi les garçons… Je me contente surtout de parler d'eux et de les regarder, comme si je n'arrivais pas à trouver quelqu'un à mon goût. Je suis de bon conseil et mon jugement est excellent, à ce qu'il paraît. C'est ce que prétend Maïka, ma meilleure amie, ma *best* comme on dit, depuis le début du secondaire.

On s'est retrouvées dans le même groupe de première année. On a aimé jaser ensemble, et le courant est bien passé entre nous. Depuis, on ne s'est jamais lâchées, elle et moi. Même lorsqu'elle sort avec un garçon ou change de petit ami pour un oui ou pour un non. On ne sait jamais ce qu'elle nous réserve d'une fois à l'autre !

L'année dernière, on a commencé à se tenir avec Jasmine. Elle arrivait en ville et ne connaissait personne. Sa famille a habité Québec pendant plusieurs années. Maïka et moi l'avons prise sous notre aile. On s'est bien occupées de cette nouvelle copine un peu contestataire. Pour tout dire, elle aime exprimer ses émotions, parfois avec fracas. Cela peut déranger certaines personnes. On ne peut pas plaire à tout le monde.

Jasmine a un caractère de pitbull dans un corps de brindille, un superbe teint miel doré et des lèvres bien dessinées. Une fille toute menue, filiforme, avec de grands yeux noirs qui hypnotisent.

Une fois sorti de l'école, ce petit bout de femme change de look de la tête aux pieds. Elle porte toujours des vêtements noirs de différentes longueurs. Son visage est recouvert de poudre blanche et d'ombre à paupières sombre. Pour moi, elle reste la même amie hyper loyale.

La veille de chaque rentrée scolaire, une douce fébrilité m'envahit à l'idée de revoir mes amis. Que sont-ils devenus? Comment ont été leurs vacances? En même temps, tous ces flaflas m'exaspèrent. Ma mère dit que je suis contradictoire et paradoxale.

C'est un peu la même chose avec les fêtes de Noël. J'ai hâte d'y arriver et je m'ennuie le temps venu. Trop de guirlandes, de lumières et de casse-noisettes.

Je déteste le père Noël, sa longue barbe blanche et son costume rouge éclatant. Un gros bonhomme faussement de bonne humeur qui feint l'amour des enfants. Coca-Cola, joie et consommation effrénée. Le même refrain à tout coup. «Petit papa Noël, ne descend surtout pas du ciel avec tes jouets par milliers. Oublie même mon petit soulier. » Reste là-haut ! On va bien se débrouiller sans toi !

Durant l'été, il m'est arrivé à quelques reprises de penser à l'école, mais je n'y accordais pas trop d'importance. Loin des yeux, loin du cœur. J'étais à l'étranger, avec papa, qui travaille en Chine pour une grande institution financière. Tout était si différent là-bas : la nourriture, les habitudes de vie et les paysages. Pas ceux des cartes postales. Avec lui, j'étais avec le vrai monde. Pas comme les touristes qui veulent tout visiter en 15 jours, prendre un maximum de photographies et rapporter le plus d'objets que possible dans leurs bagages.

Mes plus beaux souvenirs sont gravés dans ma mémoire et je les ai vécus avec mon père. Tous les deux, on aime changer nos habitudes et sortir des sentiers battus. Tout comme lui, j'aimerais bien réaliser mes rêves un jour et trouver un domaine qui me passionne pour gagner ma vie. Je pourrais devenir reporter ou pilote de l'air, veiller au bien-être d'enfants défavorisés ou effectuer des recherches scientifiques.

L'été est passé comme un coup de vent. Sans que je m'en rende compte, de retour à Montréal, il ne restait plus qu'une semaine et demie avant de retourner à l'école. Puis, ces derniers jours ont filé à une vitesse hallucinante. J'en ai profité pour sortir avec Maïka et voir avec elle un tas de films en français et en anglais. Vivement les vacances !

◉ ◉ ◉

Aujourd'hui, c'est la rentrée. Une journée pleine d'effervescence. Beaucoup de filles vont s'embrasser et lancer des cris de joie, pour ne pas dire des hurlements, en se revoyant. Certaines vont même sauter dans les bras l'une de l'autre, selon une chorégraphie unique et improvisée. Voilà tout l'art des retrouvailles à notre école !

Du côté des garçons, c'est une autre affaire. Eux, ils en font moins, se satisfont de sourire ou de se taper dans les mains, les bras en l'air.

Avec la rentrée, je reprends mon petit traintrain quotidien. Ça me dérange de me lever tôt et d'enfiler l'uniforme obligatoire. De faire ma toilette avec soin et souci du détail. De manger en vitesse et de partir de la maison en courant. Les jours de classe, Maïka et moi, on se donne rendez-vous à la station de métro McGill. On monte la côte ensemble pour se rendre à l'école. Mais aujourd'hui, elle se fait attendre.

Grande et joliment élancée, mon amie est bien proportionnée. Elle sait mettre en valeur ses jambes qui n'en finissent pas, surtout quand elle roule sa jupe à plis bleu marine à la taille. Elle est à la fois enjouée, vive et séduisante.

Tiens, je reçois un texto sur mon cellulaire. Qui ça peut bien être à cette heure matinale ? Je vérifie mon appareil. Le message se résume à sept lettres : « gros cul ». Pas génial ! Qui me veut autant de mal ? Vive la rentrée ! Ça commence raide.

En arrivant, Maïka m'embrasse et s'excuse :

— Désolée du retard. Je n'ai plus l'habitude de me presser le matin. J'ai hâte d'arriver à l'école. Pas toi ?

— Bof.

— Tu fais la baboune. Tu es choquée contre moi, c'est ça ? Qu'est-ce qui ne va pas ?

— Rien. On y va. Viens, on va être en retard, dis-je en me retournant.

Le soleil frappe fort après nous avoir boudés pendant deux jours. L'humidité rend ma peau moite. Mes cheveux n'en font plus qu'à leur tête. Dire que j'ai perdu un temps fou avec une mise en plis compliquée, de style négligé-étudié. J'ai travaillé tellement fort et utilisé une tonne de produits capillaires pour ma chevelure qui frise. Ça ne paraît même plus. Tout ça pour rien.

— C'est moche, cette température, se risque Maïka.

— À qui le dis-tu ? Ouais. Tu as vu mes drôles de couettes ?

— Ton nouveau look ? Trop cool.

— Je n'ai pas les cheveux tout à fait comme je les voulais. Ils s'en vont dans n'importe quelle direction. C'est pitoyable…

— C'est pété, tu veux dire, et pas à peu près! Moi, je trouve ça cool justement parce que ça ne fait pas trop arrangé.

On éclate de rire. Boum! C'est ce que j'aime avec Maïka. On désamorce les situations troubles en riant. On se rend jusqu'à la rue Sherbrooke et on arrive à bout de souffle, comme de vieilles filles usées avant l'âge. Je me prends à rêver à une immense étendue d'eau salée dans laquelle je pourrais nager et respirer librement. J'imagine ma vie avec mon père, rythmée par deux saisons en Asie au lieu de quatre au Québec.

Si seulement j'avais pu le suivre quand mes parents se sont séparés. Mais il n'en était pas question. Ma mère tenait mordicus à m'élever elle-même et à me garder auprès d'elle. En tant qu'enfant unique, j'ai toujours évolué dans un monde d'adultes. Une chance qu'il y a mon grand-père, avec qui j'ai des atomes crochus. Lui, il est toujours là pour moi et sait me comprendre.

En mettant les pieds à l'école Simone-de-Beauvoir, je reçois un deuxième texto identique au premier. Quelqu'un me veut du mal. Mais pourquoi? Je scrute tous les élèves du regard, mes camarades de la 5e secondaire en premier. Est-ce qu'il s'agit de quelqu'un de mon groupe? Merde! Je n'arrive pas à connaître l'expéditeur des messages.

Ma journée est gâchée. Je suis impatiente d'en finir avec la semaine. Heureusement que la rentrée s'est faite un mercredi. Ce sera moins long avant d'arriver au week-end. Tant mieux. Les cahiers qui craquent, les filles énervées et les textos déprimants. Je me sens nulle, grosse et abandonnée. Grrr!

Maïka sourit. Elle est resplendissante avec sa nouvelle coupe de cheveux et ses boucles d'oreilles scintillantes. Sa longue chevelure rousse, qui encadre son joli visage ovale, est éclatante. Je ne comprends plus pourquoi elle veut toujours mon amitié. Elle se tourne vers moi et m'interroge du regard : «Qu'est-ce que tu as?» Réponse secrète : je me sens humiliée et honteuse. Quelle mauvaise journée!

— Tu as l'air bizarre. Es-tu bien? me demande-t-elle.

Je détourne les yeux et je reste bouche bée, en espérant qu'elle n'insiste pas.

La semaine s'écoule lentement, comme au compte-goutte, jour après jour et d'un texto à l'autre. Une bonne dizaine en tout. Toujours le même message blessant, «gros cul», sans que je puisse en connaître la provenance. C'est frustrant!

J'essaie d'oublier, mais je n'y parviens pas. Une fois que j'ai terminé le dernier cours, je file rejoindre Maïka à son casier et j'éclate en sanglots. Est-ce que je lui dis ou pas? Qu'est-ce que je fais? Est-ce qu'elle va me comprendre ou non? Ou bien me juger et m'envoyer promener? C'est ma meilleure amie… Bon, d'accord. Au point où j'en suis, je n'ai plus rien à perdre. Je lui explique ce qui ne va pas.

— Tu aurais dû me mettre au courant dès le début, Carol-Anne, réplique-t-elle aussitôt.

— Qu'est-ce que ça aurait changé?

— J'aurais pu te conseiller, t'écouter et rechercher le responsable. Euh… Le faire sortir de ses gonds. L'acculer au pied du mur. Lui casser la gueule!

— Oh! Wow!

Se battre pour moi? Je n'en crois pas mes oreilles. J'imagine une Maïka combative sur un immense cheval noir, une espèce de chevalier servant en crinoline rose! Mon amie réfléchit, puis elle reprend de plus belle avec son sourire désarmant :

— Je ne sais pas, moi, ce que j'aurais fait… Peut-être que j'aurais tout bonnement été là avec toi, ma *best*!

Touché! Ces paroles me vont droit au cœur.

Les yeux pleins d'eau, Maïka me serre contre elle afin de me rassurer du mieux qu'elle le peut. Je sèche mes larmes et je respire un peu mieux. Puis, je bouge, je m'étire et je fais un grand mouvement de yoga, pendant que mon amie continue de préparer ses choses.

Au même moment, le nouveau, que j'ai déjà remarqué auparavant, emprunte notre étroit corridor. Le regard droit devant, il affiche une désinvolture savante et un je-m'en-foutisme étudié. Sa démarche dégingandée vient confirmer qu'il fait beaucoup d'efforts pour avoir l'air au-dessus de tout.

Quand il passe près de nous, je ressens immédiatement une douleur intense derrière la tête. Qu'est-ce que c'est ? Qu'est-ce qui m'arrive encore ?

Vlan ! J'ai dû recevoir un direct sur la nuque. Ce gars traîne sans doute sa caravane avec lui ! C'est super lourd.

— Tu ne pourrais pas faire attention ? que je lui crie.

Il se retourne vers moi, des écouteurs sur les oreilles, sorti tout droit de je ne sais où. Il éteint son iPod, l'air surpris. Est-ce qu'il a compris ? Il est grand, le nouveau. Beau, en plus. Très beau même. Et moi, je suis petite et j'ai un gros fessier. Je lui répète :

— Dis, tu ne pourrais pas faire attention quand même ? Je viens de prendre un sacré coup de ton super gros sac à dos. Je peux te dire que ça ne fait pas du bien.

— Ouais... Je suis désolé, bafouille-t-il sur un ton apparemment familier. Est-ce que je t'ai fait mal ? Je ne t'ai pas vue. Je n'ai pas fait exprès, je te jure. Je m'appelle Felipe. Dis-moi quelque chose.

Je me remets à pleurer, moi, la fille invisible qu'aucun garçon ne remarque. Il me regarde, l'air navré.

— Est-ce que je t'ai fait mal ? Pardonne-moi.

Je ne sais pas quoi lui répondre. J'ai le cœur à vif, mais il ne s'en doute même pas. J'accepte ses excuses du bout des lèvres pour qu'il ne se sente pas trop mal à l'aise. Après tout, il suit deux ou trois cours avec moi. Et ce n'est jamais facile de commencer l'année dans une nouvelle école. Je me souviens de Jasmine, l'année dernière. Elle semblait si dépourvue, les premières journées.

Il n'y a rien à ajouter. Quel fâcheux incident pour terminer une semaine inqualifiable ! Je me sens encore plus mal fichue qu'avant...

Felipe s'en va d'un pas lent. Il est vêtu d'un chandail de coton vert armée et d'un jean bleu fatigué. Il a les cheveux en bataille et le teint basané. Il est très désinvolte et un tantinet intrigant. Tout un personnage. Visiblement, il n'a pas eu le temps d'acheter son costume obligatoire. Avec son insouciance en prime, il se démarque déjà et suscite l'intérêt de toutes les filles. Enfin, presque toutes. Moi, je n'y pense même pas. Je suis celle dont on ne rêve jamais.

Chapitre 2

Tout passe par le magasinage

Maïka veut m'amener courir les boutiques avec elle après l'école. Pour elle, tout passe par le magasinage ! Depuis que je la connais, elle s'est peu à peu intoxiquée jusqu'à la moelle. Elle n'en a jamais assez et, sans s'en rendre compte, elle en réclame toujours davantage. Ce qu'elle est loin de la simplicité volontaire ! Plutôt une adepte de la gratification régulière ! En termes économiques, c'est ce qu'on appelle la surconsommation.

Mais il y a un hic : je déteste magasiner. Tout le monde le sait, et Maïka plus que toute autre personne. Elle a essayé de me traîner de force avec elle des centaines de fois pour dénicher des aubaines, sans beaucoup de résultats positifs au fil des années.

— Dis oui, dis oui, Carol-Anne. Fais un petit effort, insiste-t-elle. Dis oui, ça va nous remonter le moral. Tu en as bien besoin. C'est le début du week-end.

— Pour moi, tu le sais, Maïka, le magasinage, c'est du gaspillage de temps et d'argent. Et je préfère les friperies aux grandes chaînes qui vendent toutes les mêmes produits.

— Oui, mais pour une fois… On va passer une belle soirée, je te le promets. Jusqu'à 9 heures. Tu pourras aller à ton party après, avec Jasmine. Pour une fois, Carol-Anne. Dis oui. Allez, viens avec moi. Je t'en prie.

— Je ne sais pas…

Elle est en train de m'emberlificoter. Elle sent que je fléchis et enfonce le clou un peu plus loin pour venir à bout de mon opposition.

— Dis oui, je t'en prie. Avec tout ce que tu as enduré… Tu peux venir avec moi. Tu n'as pas besoin de jeans, toi, pour faire changement de tes leggins? Et on va prendre le temps de manger, de relaxer, de papoter. Tu aimes ça, d'habitude. Dis oui.

— Bon... O.K. En me forçant un peu, ça devrait aller. Je vais faire une petite exception. J'ai vraiment envie de me changer les idées. Ça tombe pile.

— *Yes !* C'est trop cool, là. On va bien s'amuser ! Merci Carol-Anne. Tu es trop cool, tu sais.

Rien ne peut m'en sauver cette fois-ci. Ma résistance s'est amenuisée cette semaine. Sauvez mon âme, quelqu'un ! Qu'est-ce que je vais devenir dans le plus gigantesque centre commercial de la ville ? Il est trop tard pour reculer, maintenant.

— Tu crois qu'il va y avoir beaucoup de monde ? dis-je à Maïka.

— J'espère que oui. Moi, je veux voir de nouvelles faces.

— Genre des beaux grands gars bien habillés !

— Tu veux dire bien bâtis, toi ?

— Hum… Allez, on y va!

En arrivant au centre commercial, je réalise que Maïka avait raison. Il y a un monde fou. Qu'est-ce que je fais là? Je me sens perdue, pas tout à fait à ma place. C'est ça, ma drôle de petite vie, par un beau vendredi soir à Montréal!

— Il va falloir s'acharner pour faire de bonnes affaires, m'assure mon amie.

— Comment fait-on ça?

— Suis-moi. Tu vas voir ce que tu vas voir.

On commence notre virée à la boutique Europa. On s'y dirige à vive allure. Maïka ne sait pas résister à l'appel vibrant des soldes. Quelle frénésie contagieuse! Je craque tout de suite pour des jeans avec de fines lanières de cuir marron sur les poches et la braguette. Les doubles coutures de fil noir sont superbes et bien faites. Maïka me suggère de les essayer.

— Ils sont extra. Apporte-les dans la cabine. Allez, hop-là!

Je succombe sans trop me faire prier. J'en ai besoin pour mes sorties. J'essaie les jeans pendant que Maïka se pâme sur un beau-grand-vendeur-aimable-comme-tout. Je me débrouille bien sans lui. C'est préférable de ne pas avoir un gars dans les pattes.

Je sors de la salle d'essayage et mon amie s'approche de moi. Le reflet que me renvoie le miroir est un cauchemar. Les jeans ne flattent pas du tout ma silhouette. Ils m'écrasent l'arrière-train et me font paraître encore plus grosse que je ne le suis. Avec tact, Maïka trouve les mots pour décrire mon image :

— Disons que ce n'est pas un modèle qui t'avantage vraiment.

— À qui le dis-tu ? J'ai l'air énorme. Encore plus qu'au naturel. Un éléphant dans un magasin de porcelaine !

— Ne dis pas ça. Ce n'est pas vrai. Tu as les fesses rebondies, c'est tout. Et n'oublie pas qu'ici, les coupes ne sont pas identiques aux nôtres. C'est fait plus étroit, à l'européenne. Essaie une autre coupe, plutôt. Je te le promets. Tu n'es pas la première à qui ça arrive.

— Tu as raison. Mais j'aurais aimé avoir ceux-là. C'est à la mode.

— Mais tu te fous de la mode, toi. Qu'est-ce que j'entends? Tu fais ton propre style depuis que je te connais. Tu es super *vintage* et ça te réussit. Arrête de te plaindre. Tu n'as pas besoin qu'on te dise quoi faire et quoi porter, Carol-Anne.

— Bon, O.K.

— Choisis plutôt une coupe droite. Il y en avait des beaux, tu sais, dans ce style-là.

Ça tombe bien, le vendeur est occupé avec d'autres clientes. Je demande à Maïka de m'aider.

— Comme ceux que j'aimais avec des perles reluisantes et une ceinture disco, alors?

— Exactement ça.

— Peux-tu m'en apporter une paire, s'il te plaît?

— Toujours de taille 14?

Je fais « oui » de la tête. C'est la dernière chose à demander à une fille comme moi. Voyons Maïka, réveille-toi. J'ai de la difficulté à me l'avouer à moi-même. Dire que ma mère, qui est enceinte jusqu'aux oreilles, ne doit pas prendre une aussi grande taille.

Elle revient avec les jeans. Je les essaie, mais sans l'horrible ceinture en lamé. Je me sens très à l'aise. Mon amie m'envoie un clin d'œil en me voyant.

— C'est beaucoup mieux. Tu es super belle!

— Je suis pas mal pour une toutoune.

— Tu rigoles. Tu es extra! À ce prix-là, ce serait un crime de ne pas les prendre.

— Je les prends. C'est sûr.

— Là, tu me fais plaisir. Trop cool.

Avant de payer, on fait un dernier tour de piste. Il y a beaucoup de marchandise à moitié prix. Le beau-grand-vendeur-aimable-comme-tout n'a d'yeux que pour Maïka. Elle choisit un chemisier bleu à col châle avec des manches bouffantes et va l'enfiler. Il lui va comme un gant et souligne bien sa taille fine. L'affaire est dans le sac!

Le beau-grand-vendeur-aimable-comme-tout prend la peine de venir la saluer à la caisse. Tout en lui adressant son plus beau sourire, il lui tend une carte imprimée.

— C'est un rabais de 20 % sur les nouveaux arrivages de la saison, dans deux semaines, pour nos clientes privilégiées seulement.

Je crois que la fille aux cheveux flamboyants lui a fait de l'effet. Il a écrit un petit mot au verso de la carte. En sortant avec nos achats, on bifurque vers un magasin de disques et de DVD. Au passage, on commente tout ce qu'on voit dans les vitrines. On regarde les bijoux et les accessoires.

— Tu ne trouves pas qu'ils ajoutent une touche d'originalité à l'uniforme de l'école ? Les bracelets, les colliers et les barrettes nous permettent de nous démarquer, constate Maïka.

— À qui le dis-tu ? Autrement, les filles seraient toutes pareilles. Ce serait nul.

On farfouille ensuite à la librairie. Je mets la main sur la dernière bédé de Dubuc et Delaf. Je veux l'offrir à ma cousine Béa pour sa fête. On feuillette des magazines et des revues de mode. Sur ces couvertures, des femmes magnifiques s'étalent en couleurs, comme celles à qui je voudrais ressembler parfois.

— As-tu vu ça, Maïka ?

— Toutes les photos sont retouchées, Carol-Anne. Tu pourrais faire la même chose qu'elles avec un styliste, un bon photographe et un infographiste d'expérience.

— Quand même. Il y a une limite.

— Non, je te jure. Tout est retouché de A jusqu'à Z. Il n'y a rien de vrai dans ce qu'on voit. Elle, par exemple, est peut-être bien ordinaire au naturel, sauf qu'elle mange comme un oiseau pour ne pas prendre de kilos, se laisse tremper dans la boue volcanique cinq fois par semaine et fait des exercices avec un entraîneur privé.

— Tu en connais long sur le sujet...

— Tu parles. Moi aussi, j'ai déjà voulu avoir l'allure d'un mannequin. Tu te souviens, il y a deux ans. J'ai suivi un régime… Mais avec mon gros pif, j'ai changé d'idée. Ce n'est pas grave, tu sais. Je me dis que j'ai d'autres qualités.

On lambine encore ici et là pour admirer l'endroit. Bon, d'accord, l'endroit et les garçons qui flânent dans le coin. Plein de garçons. Qu'on trouve banals, repoussants ou invitants. Un simple coup d'œil, voyons !

Satisfaites et déjà un peu fatiguées (il faut dire qu'on marche depuis longtemps), on a envie d'aller s'asseoir dans un coin.

— Si on allait prendre une bouchée? propose Maïka.

— O.K. Bonne idée. On va au nouveau café, je te gage.

— Il paraît que c'est le fun.

Selon la rumeur qui se répand comme le feu dans un vieil immeuble désaffecté, Sodas et compagnie est devenu l'endroit où il faut traîner pour rencontrer de beaux spécimens de la gent masculine. Et s'il y a une chose que Maïka préfère au magasinage, c'est bien les beaux gars.

— *Right on, my dear*[1].

— J'avoue que j'ai une petite envie de *popcorn* au fromage. Et je prendrais bien un grand verre de jus bien frais. Allons-y!

Maïka mange de tout en petite quantité. Moi, j'essaie de sauter des repas, de jeûner, de ne manger que des légumes. Puis, je flanche et je recommence à m'empiffrer de nourriture. Des années-lumière séparent nos habitudes alimentaires.

---

1. Exactement, ma chère.

Quand un aliment est bon, j'ai de la difficulté à me limiter à quelques bouchées. J'en redemande toujours davantage. C'est pour cela que je suis un peu ronde. Mais je cache bien mon jeu. J'ai appris à camoufler mes courbes dans des vêtements amples.

La décoration du café est soignée et originale. L'éclairage donne une ambiance feutrée et détendue au vaste espace du deuxième étage, qui pourrait autrement avoir l'air froid. On peut y manger ou prendre un verre. Nous, on se dirige vers l'espace resto.

On s'installe à notre aise dans des fauteuils en cuir bleu pétrole. On bavarde de tout et de rien, en s'amusant comme des folles. Le serveur vient prendre notre commande. Puis, la conversation va dans tous les sens et prend un nouveau tournant. Au programme : cinéma et vedettes préférées. « Tu l'as vu dans tel film... Tu te rappelles la scène d'amour dans tel autre ? Il a l'air d'embrasser tellement bien... » Et blablabla et blablabla.

Notre casse-croûte est servi. On paie notre serveur et on lui donne un bon pourboire. On poursuit de plus belle. On échange sur nos projets à l'école, et d'accord... d'accord, ça va, on parle un peu des garçons. On se demande dans quelle catégorie classer Felipe, le nouveau.

— Il est très flyé, me confie Maïka.

— Oui, c'est le moins qu'on puisse dire. C'est tout à fait le genre de ma cousine Béa. «Sois beau et tais-toi.»

On éclate de rire en même temps.

— Ce n'est pas un type courant, tu sais. Il ne fait pas dans les demi-mesures. Il est carrément craquant de la tête aux pieds. Un cadeau empoisonné, rigole mon amie.

— Bah! On peut dire ça, mais on ne le connaît pas encore, ce Felipe. À part qu'il m'a vue pleurer comme une Madeleine et qu'il semblait sincèrement désolé.

Soudain, on voit Rose-Amélie se pointer avec sa mère. C'est la fille la plus condescendante et la plus désagréable que je connaisse. Son influence est néfaste sur plusieurs personnes à l'école.

— Ah non! pas elle, dis-je spontanément.

Maïka hausse les épaules et je l'imite.

Rose-Amélie est habillée à la dernière mode, comme toujours, dans des jeans Chloé et des bottes à talons hauts. Décolleté révélateur, qui laisse poindre une poitrine généreuse. Épaules dégagées. Cheveux longs, mèches dorées. Teint de pêche soyeux. Maquillage habilement exécuté. Tout à fait naturel, léger et lumineux. Effet bonne mine garanti.

Sa mère est élégante et raffinée, svelte et distinguée dans un deux-pièces de grand couturier. La vraie classe, quoi ! Une authentique madame de la haute société. Aucune ressemblance avec maman, surtout avec son gros ventre de femme enceinte sur le point d'accoucher.

Rose-Amélie se prend pour une fille cool. Éternel iPod branché sur de la musique populaire, ou encore cellulaire vissé à l'oreille. Pas tout à fait mon genre. J'ai plutôt ça en horreur. À l'école, certains élèves voudraient mourir plutôt que de se séparer de leur téléphone. Moi, je suis une exception à la règle. Je ferais tout pour me débarrasser de cet affreux appareil.

Oh non… elles viennent vers nous!

— Qu'est-ce que vous faites ici? s'étonne la fille la plus séduisante de l'école. Je suis surprise de vous voir toutes les deux. Carol-Anne, tu détestes magasiner. Qu'est-ce qui ne va pas? Tu dois être en pleine déprime pour en être arrivée là.

— Et toi, tu sors sans ta gang, ce n'est pas normal, dis-je sur un ton cynique.

— Je voulais montrer la déco à maman. J'étais sûre qu'elle allait vouloir raconter ça à ses amies.

Sa mère nous sourit et on lui renvoie le même sourire forcé. Toujours debout, se dandinant d'un pied à l'autre, Rose-Amélie poursuit :

— On est allées à ma boutique préférée, Europa. Le beau vendeur n'arrêtait pas de me regarder…

— Même chose pour Maïka.

Mon amie me fait les gros yeux.

— Vous savez, poursuit Rose-Amélie, Florence vient d'être engagée par le proprio. Vous voyez de qui je parle. Flo, la belle grande brunette avec qui je me tiens à l'école.

«Qu'est-ce que ça peut bien nous faire?» ai-je envie de lancer. Je me mords les lèvres et je l'écoute, intriguée.

La fille et la mère nous quittent enfin, non sans avoir envoyé quelques coups bas au sujet de gens qu'elles ont dans le nez. Comme c'est charmant! Cette fâcheuse habitude a tout pour me déplaire. Je me dis qu'une bonne fois, elles pourraient bien casser du sucre sur notre dos sans le moindre ménagement.

Maïka et moi, on a écouté sans rouspéter. Pour être gentilles? Je ne crois pas. Qui ne dit mot consent. Je n'aime pas me sentir impuissante.

Notre magasinage se termine au moment où les boutiques ferment, à 21 heures. En empruntant le corridor devant Europa, Maïka, absorbée, jette un dernier regard à sa boutique préférée. Elle a la tête dans le firmament des étoiles. Reviens vite sur Terre, mon amie!

Sur le chemin du retour, elle reste passablement silencieuse, ce qui est plutôt inhabituel. Moi aussi, je parle peu, à cause d'un texto de sept lettres, « gros cul », que je viens de recevoir. Encore un de trop. C'est déprimant !

Lorsque je me lève à la fin de mon trajet de métro, elle me fait une promesse :

— Je te donne un coup de fil demain matin. O.K. ? On verra ce qu'on va faire.

— O.K. Mais pas trop tôt, tout de même. Je vais au party ce soir, tu te souviens, la fête de la rentrée, lui fais-je savoir en sortant du wagon.

— J'ai bien aimé ma sortie.

— Moi aussi. Bye ! dis-je à mon tour en pivotant sur mes talons.

— Bye ! répond Maïka quand les portes se referment derrière moi.

Je me mets à courir à toutes jambes vers la maison. Il se fait tard. Une lueur bleutée, assez claire, baigne les rues de mon quartier. J'ai envie de m'enfuir très loin d'ici et de tout envoyer valser. Troquer ma vie actuelle contre un aller simple pour Tombouctou.

Malgré tout, Jasmine vient me prendre en voiture dans une trentaine de minutes. Si sa voiture fonctionne encore... C'est un vieux tacot pas très fiable, que son père a acheté Dieu sait où, mais qui est très pratique pour se rendre du point A au point B. Le tableau de bord poussiéreux est tout craquelé. Un disque est resté pris dans le lecteur de CD. On écoute en permanence de la musique à sonorités maghrébines, qui rend Jasmine nostalgique de son pays d'origine.

Mon amie aime jouer les psys. Elle insiste pour qu'on parle de nous, de ce qu'on ressent et de ce qui nous trotte dans la tête. Tiens, j'en aurais peut-être besoin, après tout. «Docteure Jasmine, aidez-moi! J'ai magasiné, aujourd'hui, pour chasser mon chagrin, mais ça ne me redonne pas le moral. Suis-je normale?»

Qu'est-ce qu'elle pourrait me répondre? Je ne sais pas. Il faudrait que je lui en parle… Mais comment aborder le sujet avec elle? Plus je reçois de textos, et plus j'ai la gorge serrée. Je sens le sol crouler sous mes pieds. Je perds mes repères un à un.

Malgré la différence d'âge, mon grand-père est la seule personne avec qui j'arrive à me livrer tout à fait. Je vais bientôt l'appeler pour bavarder avec lui. Même si je suis adoptée, je me sens dans la même famille que lui. J'entends, la même famille spirituelle.

Le temps d'appliquer un peu de mon ligneur, de changer de blouse, d'enfiler mes nouveaux jeans et de prendre mon sac à main en canevas délavé, et je suis prête. Quelle volte-face pour une fille en proie à des questionnements intérieurs ! Comme si plus rien d'autre n'avait d'importance que ce party. Je commence à croire que ma mère dit vrai. Je suis contradictoire et paradoxale.

Chapitre 3

Les faits saillants du party

Le lendemain, samedi après-midi, je vais chez Maïka. Son père est en train de tailler les arbustes autour de chez lui. Je frappe à la porte. La mère de mon amie m'ouvre en souriant. Ses cheveux sont relevés en un chignon très dense. Deux mèches pendent de chaque côté de son visage ovale au teint rosé. Une jolie femme dans la cinquantaine, mince et gracieuse. Elle affiche une allure très jeune dans ses jeans et son long pull décontracté. Madame fait un petit époussetage avant de recevoir ses invités.

— Bonjour, Carol-Anne. Maïka est dans sa chambre, dit-elle, en pointant l'étage avec son plumeau.

— Bonjour, Madame Laclos. Vous allez bien?

— Oui. Oui. Mais j'aurais bien dormi une heure ou deux de plus ce matin, si mon mari ne m'avait pas réveillée.

— Même chose pour moi, vous savez.

— C'est vrai, et avec le bébé qui s'en vient bientôt, tu vas souvent manquer de sommeil. Je me rappelle, quand les enfants étaient petits…

Mon amie sort en vitesse de sa chambre et vient me tirer des filets de cette femme très bavarde.

— Tu en aurais eu pour des heures… J'ai eu une idée géniale, me lance-t-elle.

— Pour les textos?

— Quoi d'autre? Mon oncle travaille pour une grande compagnie de télécommunications. Il soupe ici ce soir. Je vais lui en parler.

— Tu me sauves la vie, tu sais.

— Ça ne coûte rien d'essayer. Ça ne doit pas être sorcier de trouver qui t'envoie tous ces messages.

On s'assoit sur le lit pour papoter, proche l'une de l'autre. Il y a des coussins tout autour de nous. De vieux magazines de cinéma traînent ici et là et des bougies diffusent un agréable parfum de romarin.

— Dis-moi, comment c'était hier soir, au party ?

— Je ne sais pas, Maïka. Je vais attendre le retour de Jasmine, demain soir, pour avoir des nouvelles. Elle est partie à Québec avec sa famille. Je ne suis pas restée longtemps, moi, je m'ennuyais trop.

— Explique-moi comment on peut s'ennuyer à un party.

— C'est simple : juste avant de partir de chez moi, j'ai reçu un autre maudit texto qui m'a tellement déprimée que j'avais le goût de m'enfermer et de ne plus sortir de ma chambre. Mais Jasmine a klaxonné à plusieurs reprises. Je n'ai pas eu le choix. Avant qu'elle n'ameute tout le voisinage, je suis allée la rejoindre dans sa vieille minoune. Et on est parties toutes les deux.

Ce que je ne dis pas à Maïka, c'est qu'après le magasinage, j'ai fait ma toilette, bien sûr, et enfilé mes vêtements. Puis, je suis allée sur MSN. Mon cœur s'est serré à la lecture du message que j'avais reçu. On parlait de moi en mentionnant mon nom et en décrivant mon allure en des termes pas du tout élogieux. Comment est-ce possible ?

Maïka me tire de mes pensées.

— Si on allait à la friperie Retour des choses ? Ça te ferait plaisir, Carol-Anne ? Et on prendrait un bon café au lait ensuite…

— Pourquoi pas ? On y va en marchant, si tu es d'accord. La rue Saint-Denis n'est pas trop loin d'ici.

— Bon. Je vais porter mes souliers à talons plats dans ce cas-là.

Maïka possède des chaussures, de toutes les couleurs et pour diverses occasions, avec des talons de hauteurs et de formes différentes, pour l'été, l'automne et le printemps. Pour l'hiver, c'est du pareil au même, mais en version bottes. Une vraie bonne consommatrice.

Une fois dehors, l'air frais m'aide à ne pas m'apitoyer sur mon sort. Sur notre chemin, on croise deux filles de l'école avec qui on a joué au basketball l'année dernière. Elles sont toujours aussi sportives. On les salue aimablement, tout en poursuivant notre chemin. Qu'est-ce qu'elles pensent de moi? Est-ce qu'elles seraient assez détestables pour m'envoyer les textos que je reçois? Mais non, elles n'ont rien à voir là-dedans. Ce sont des filles très correctes qui font du sport tous les soirs et même le week-end. De vraies adeptes de la bonne forme!

Elles reviennent probablement de la piscine municipale. Leur corps athlétique est musclé, tandis que le mien… Le mien est très quelconque. Je suis une fille bien ordinaire de 16 ans qui vit péniblement la séparation d'avec son père, qui est victime d'intimidation et qui manque de plus en plus de confiance en elle. Et qui devient paranoïaque. Au secours!

J'aime la boutique Retour des choses. C'est ma caverne d'Ali Baba, en plein cœur du Quartier Latin. On y trouve de tout : meubles d'appoint, vêtements *vintage* et livres d'occasion. J'enfile des gants en filet qui montent jusqu'aux coudes. Maïka rit en me regardant.

— C'est vraiment rétro. J'adore ça. Est-ce que tu les achètes ?

— Non. J'ai déjà assez dépensé hier.

Ma copine essaie tous les chapeaux que la boutique contient et en choisit un.

— Je prends celui-là. Il n'est pas trop cher et je pourrai facilement le transformer. Peut-être pour l'Halloween. Qui sait ?

Maïka a beaucoup de talent en dessin de mode et en couture. Quand l'un de mes vêtements ne tombe pas bien, c'est elle qui fait mes retouches. Elle paie son achat à la caisse et on quitte la charmante petite boutique.

On va boire notre café au lait. Le 100 km/h est bondé, mais il y a une petite table libre près de la grande fenêtre. Quelle chance ! L'éclairage est magnifique. À l'arrière du commerce, j'aperçois Gérald et Simon, un ami qu'on appelle « le pirate ». Il nous envoie la main et on lui répond avec empressement. Les deux gars sont postés devant un ordinateur, probablement en train de faire des recherches sur Internet. Ils ne savent donc jamais s'arrêter !

Simon est séduisant et possède un charisme hors du commun. C'est ce que j'ai pu constater en travaillant avec lui au journal étudiant. Il vient vers nous d'un pas décidé.

— Allô les filles ! Voulez-vous vous joindre à nous ?

— C'est très gentil à toi, mais on ne restera pas longtemps. Le temps de boire un café et on file, dis-je.

— Moi, je dois aider ma mère à terminer ses préparatifs pour le souper. Elle reçoit plusieurs invités et aime bien épater la galerie. Quand j'y pense, mettre la table doit bien prendre 30 minutes au bas mot, ajoute mon amie. Tu vois ce que je veux dire…

— Dans ce cas, je n'insiste pas. On se voit lundi. À plus.

— Bye, Simon! dit-on en chœur.

Maïka et moi buvons notre café, et on rentre à pied en bavardant.

— Je suis inquiète pour toi, Carol-Anne.

— Mais il n'y a pas de raison. Voyons donc...

— Au contraire, je te trouve pas mal songeuse depuis quelques jours.

— Ne t'en fais pas, ça va passer.

— Si c'était vrai. Je l'espère pour toi.

◉ ◉ ◉

Avant de me coucher dimanche soir, je téléphone à Jasmine, qui m'avait laissé un message en début de soirée. Elle n'a rien de spécial à me raconter, mais on reste une heure scotchées au téléphone. La psychologue en herbe a constaté que je n'ai pas l'air dans mon assiette et s'en fait pour moi. Bravo doc, très perspicace!

— Qu'est-ce qui ne va pas? demande Jasmine. Tu peux tout me dire. Tu sais que je ne juge pas les gens et que je suis muette comme une tombe.

Si elle connaissait tous les scénarios qui tournent dans ma tête, elle aurait vraiment de quoi s'alarmer. Je lui raconte mon histoire de harcèlement. Elle croit que je devrais porter plainte. Mais à qui ?

— Ça m'agace terriblement, répète Jasmine. Ce n'est pas acceptable. On va bien finir par savoir qui n'arrête pas de t'écœurer comme ça. Moi, je ne serais pas surprise que ce soit Rose-Amélie.

— Pourquoi me ferait-elle ça, elle ? Je ne lui ai jamais rien fait.

— Tu n'as pas besoin de lui faire quelque chose pour qu'elle cherche à te faire du mal. Elle en veut au monde entier. Elle a quelque chose qui ne tourne pas rond.

— Difficile de te contredire là-dessus.

La conversation avec Jasmine prend une autre direction. Je n'aime pas trop les potins. Je laisse cette activité aux mauvaises langues. Mais j'ai tellement envie de connaître les faits saillants du party qui se sont produits après mon départ. Je demande à Jasmine de m'éclairer et elle me répond, à brûle-pourpoint :

— Oh, tu sais, j'ai continué de danser un peu. La musique était bonne, mais c'était un peu plate. À part que Rose-Amélie a donné tout un spectacle.

— Quel genre de spectacle ?

— Elle s'est accrochée à Felipe pendant un slow, comme si c'était son chum. D'après ce qu'on raconte, ils se connaissent depuis longtemps. Ils seraient même déjà sortis ensemble. Tu sais comment elle est avec les gars…

— Puis lui, qu'est-ce qu'il a fait ?

— Il l'a gentiment repoussée. Il n'est pas resté longtemps. Il devait en avoir assez de se faire coller par elle devant tout le monde. C'est gênant, surtout pour quelqu'un de nouveau.

— Qu'est-ce qu'elle a fait après son départ ?

— Elle a continué de danser toute seule. Des danses pas mal olé olé! Des danses lascives, comme dirait ma mère.

— C'est malade! Qu'est-ce que les gens ont dit?

— Pas grand-chose. Tout le monde la connaît. Il y a Simon qui a émis un commentaire, genre : «Il faut toujours qu'elle se fasse remarquer. Elle a besoin des projecteurs sur elle pour exister… Ce n'est pas gagnant son affaire.» Hum! Il était *cute* à mort dans un chemisier à carreaux noirs et rouges.

— C'est tout?

— Oui.

— Simon te fait toujours autant d'effet.

— À qui le dis-tu? J'aurais tellement aimé qu'il arrive quelque chose entre nous deux. Mais il était trop distant avec moi. J'ai l'impression qu'il ne me voit pas. Qu'il ne me voit pas de la façon dont je voudrais qu'il me voie. Dommage, parce qu'il m'attire toujours autant.

— Ouin. Moi, je vous aurais tellement bien vus ensemble. J'allais oublier de te le dire : on l'a rencontré, hier après-midi, au 100 km/h, Maïka et moi. Il était avec Gérald. Je me demande ce qu'il fabrique avec lui. Ils sont tellement différents.

— Wow... J'aurais aimé être là. Qu'est-ce qu'il faisait ?

— Il était à l'ordi et buvait du café en mangeant un croissant au beurre, je crois. Difficile à dire avec exactitude à cause de la distance entre nous. Tu sais tout, maintenant. Ah! Il portait un chandail noir à manches longues et un bracelet en cuir marron.

— Bon, je te laisse. On a de l'école demain. Bonne nuit.

— Oui, c'est ça. Bonne nuit. À demain.

C'est donc bien compliqué! Autour de moi, trop d'histoires d'amour finissent en queue de poisson. Je me pose des questions.

Chapitre 4

Le mystérieux nouveau

En entrant dans le local de français, Maïka et moi le repérons tout de suite. Pas étonnant, il doit être arrivé avant tout le monde. Il a choisi sa place avec précaution, dans la rangée après celle du milieu. Felipe a plus d'un tour dans son sac. Bien joué !

C'est l'endroit parfait pour se fondre dans le groupe, passer inaperçu et ne pas attirer l'attention. Le souhait de tout nouveau en début d'année. Une situation au-dessus de tout soupçon, en pleine zone neutre.

Trop près du tableau, on risque d'être considéré comme un téteux, comme cet incroyable monsieur-je-sais-tout-je-connais-tout, Gérald, le *techno-nerd*, accro des gadgets électroniques, photographe et vidéaste pour le journal étudiant.

Opter pour une rangée du fond suscite la méfiance du prof, surtout à l'endroit d'un nouveau. À éviter à tout prix sous peine d'être étiqueté « élève rebelle ».

On prend deux sièges voisins dans la cinquième rangée, ma copine et moi, tout en continuant de bavarder jusqu'au début du cours.

Grand amant de littérature, le prof fait son entrée. Rêveur élégant, mince, cheveux châtains, il s'est bien préparé et déballe son plan avec enthousiasme. Il aimerait aussi qu'on participe à un concours de poésie, à mi-chemin entre le slam, cette forme de spectacle poétique très populaire, et l'expression plus classique des émotions.

Il nous vend sa salade avec force et finesse à la fois. On pose des questions. On participe, on parle de la sélection des lauréats et de la composition du jury. Le temps file et le prof gagne son pari. Nous sommes tous inscrits à son fameux concours.

La plupart des élèves ne demandent pas mieux que d'embarquer. C'est plus facile avec les profs qui raffolent de leur matière. Pour intéresser, il faut être intéressant. Pas vrai ?

On prend congé de monsieur Rimbaud, comme on l'appelle entre nous depuis le premier cours qu'il nous a donné en 2e secondaire. On avait consacré plusieurs heures à l'analyse du poème intitulé *Le bateau ivre*, la pièce la plus importante du grand poète français, Arthur Rimbaud. Après, on avait tous décidé de l'appeler monsieur Rimbaud, à son insu.

Il a donné une bonne représentation. Ce prof a beaucoup d'entrain et, de plus, il supervise notre travail au journal étudiant, qui est un journal sur le Web. Il est bien correct. Il nous laisse pas mal de corde parce qu'il nous fait confiance. Et c'est réciproque.

Une surprise m'attend à la fin du cours. Dans le brouhaha des élèves et le vacarme des chaises qu'on repousse avec nonchalance, Felipe me dévisage. Je me sens un peu gênée. Il porte le polo blanc réglementaire avec le logo de l'école, dont les manches ont été remontées, et des pantalons beaucoup trop grands pour lui. Ses cheveux tout ébouriffés lui donnent un look d'enfer. Il vient vers moi et me demande :

— Ça va, Carol-Anne ?

Il connaît mon nom. Ça m'étonne. Je ne me souviens pas le lui avoir dit. Pour ce que je lui ai dit. Mais c'est vrai qu'on prend les présences en classe. C'est ça, allons donc !

— Où tu vas ? me demande-t-il en souriant.

Ses yeux se ferment à demi quand il sourit. Il est encore plus beau. Paniquée, je ne sais pas quoi répondre.

— J'ai un cours d'éduc'. Et toi ?

— Je m'en vais en maths.

Maïka se rapproche de nous et enchaîne, l'air malicieux :

— Moi, je suis Maïka. La dernière fois, c'était différent. Tu ne trouves pas ?

— Ouais, j'étais vraiment mal à l'aise, tu t'en es rendu compte… Hum… Je m'appelle Felipe.

— Moi aussi, je m'en vais en maths. Suis-moi si tu veux. Je te montre le chemin. C'est dans l'autre pavillon. Bye, Carol-Anne. À plus.

Felipe me fait un gentil signe de la main. Ciao ! Maïka me donne une tape sur l'épaule. Est-ce le signe d'une victoire ? Avec elle, il faut s'attendre à tout, surtout avec les gars. Je ne sais jamais ce qui lui passe par la tête.

Je viens d'être larguée par ma meilleure amie. C'est super agaçant. On n'est pas dans le même cours, mais j'aurais souhaité qu'elle fasse ça avec plus de délicatesse. A-t-elle honte de moi ? Le nouveau lui a vraiment tapé dans l'œil. Elle ne sera pas la dernière, c'est certain. Avec l'allure qu'il a, les filles vont se l'arracher de toutes leurs forces. La compétition va être féroce. Attention ! Tromperies et embrouilles à l'horizon !

◎ ◎ ◎

Dans le corridor que j'emprunte pour me rendre au gymnase, j'entends :

— Carol-Anne. Carol-Anne. Attends-moi. Attends-moi, Carol-Anne.

Qui peut bien m'appeler comme ça ? Je me retourne et j'aperçois Simon, l'édimestre du journal étudiant, un genre de rédacteur en chef pour le Web, très passionné, et qui a une jolie plume.

Où est-ce qu'il était, celui-là ? Probablement dans le fond de la classe. Simon dirige le site Web et nous donne nos assignations. Cela constitue un poste prestigieux que personne ne veut lui enlever. C'est un gars talentueux et respecté de tous les élèves. Une qualité rare à l'école.

— Où est ton article sur la rentrée ?

Oups ! D'accord. Je dois lui donner des excuses plausibles, et non pas : « J'ai oublié parce que j'étais trop centrée sur mon nombril et mes grosses fesses. Ne te sens pas visé, Simon. Ça n'a rien à voir avec toi. C'est moi qui ai la tête dans les nuages ces temps-ci. »

Bon, ça y est, j'ai les mains moites et la bouche sèche. Je décide de risquer le tout pour le tout.

— Je ne l'ai pas tout à fait terminé, mais j'ai écrit deux nouvelles brèves pour remplir la page d'accueil. C'est au moins ça.

— La date de tombée est passée, tu le sais au moins.

— Oui, je le sais. Tu vas l'avoir en début d'après-midi, c'est promis.

— Je n'en reviens pas, Carol-Anne. Tu ne m'as jamais fait ça. Depuis le temps. Tu es toujours fiable. Tu remets même tes papiers à l'avance, d'habitude. Tout est toujours parfait.

— Justement, Simon. Pour une fois, tu devrais comprendre et passer l'éponge. Tu ne crois pas ?

Il commence à ramollir. C'est bien. Et ça me surprend de lui. Simon dégage une telle assurance naturelle, une énergie que dénote sa mâchoire fermement dessinée. Taille moyenne, forte corpulence et pas un gramme de graisse. Que du muscle. Teint vif et éclatant, à force de faire des activités en plein air. Cheveux blonds, courts en arrière et longs sur le dessus. Mèche sur le visage, qui lui cache un œil, ce qui lui vaut le surnom de pirate.

J'ai gagné. Il est sur le point de céder.

— Bon. D'accord, pour cette fois. Je vais aller retoucher les photos que Gérald m'a remises ce matin d'abord. Elles semblent toutes bonnes.

— Comme d'habitude. Il faut lui donner ça : il travaille bien.

— Comme toi aussi, d'habitude.

— Ah oui ? Merci !

— À plus tard. Je t'attendrai à la radio étudiante à la fin du dîner. J'ai toujours mon émission. Tu te rappelles ?

— Oui, oui. Tu peux compter sur moi. Je t'y rejoindrai tout à l'heure.

Ouf ! Enfin, je respire. Je l'ai échappé belle. Simon est très strict. Il applique les règles à la lettre. Je ne voudrais pas qu'il me boude ni qu'il me trouve un remplaçant. On ne sait jamais. J'aime trop ça, écrire pour le Web.

Une chance que je suis en forme aujourd'hui. Je n'ai pas encore reçu de texto. Il va falloir que je fasse vite. Je vais aller dans le labo d'informatique et sécher le cours d'éducation physique. Tant pis. Je n'ai pas le choix. J'espère ne pas me faire prendre. Si ça se trouve, je vais devoir inventer une sainte menterie et faire mon cinéma. Qu'est-ce que je ne ferais pas pour me sortir du pétrin ?

Heureusement, j'avais déjà mis mes idées principales sur papier. Le travail m'attend. Ce midi, je vais aller à mon rendez-vous avec le pirate. Pourvu que j'aie fini à temps. Le *popcorn* au beurre va m'aider à y voir clair. J'en ai une petite réserve dans mon sac à dos. Ça va être mon goûter gourmet du jour !

◎ ◎ ◎

Je me pointe à la radio étudiante, CKPO-T, munie de ma clé USB. Merde ! Rose-Amélie est déjà en ondes avec Simon. À travers la vitre du studio, elle m'adresse un sourire éclatant, digne d'une publicité de dentifrice.

Dents blanchies et bien alignées, sans fausse note. Mais attention à sa vraie nature, sournoise et cruelle!

Avant d'entrer dans le studio, je capte l'une de ses phrases au vol :

— Dans cette boutique de l'ouest de la ville, la mode est au moins 12 mois à l'avance sur ce qu'on trouve ailleurs à Montréal. C'est très *fashion forward*[2].

Bon sang, à quoi ça rime, tout ça? Il y a des limites à ce qu'on peut écouter. Quels propos vides… La mode, il faut la faire soi-même pour le plaisir de se réinventer. Et non pas pour être en avance sur qui que ce soit. Je n'en ai rien à cirer de ce qu'elle dit, la cinglée! Mais je m'emporte… Voyons, on se calme!

Simon invite parfois Rose-Amélie à son émission pour élargir son auditoire, je suppose. Elle parle des tendances mode et déco, de façon condescendante et superficielle. Je pense qu'elle aime imposer sa toute-puissante-supériorité à ceux qui n'ont pas autant d'argent qu'elle, soit la grande majorité des élèves.

---

2. Avant-gardiste.

Que dire du bal des finissants? Elle s'est fait élire à la tête du comité organisateur, où elle avait amené sa troupe de clones avec elle. Quelle sorte de fête va-t-elle nous concocter? Limousines, robes longues et dépenses exagérées. Pas du tout mon genre. Elle va sans doute s'immiscer dans la cérémonie de collation des grades, en plus… Moi, je n'irai pas.

Simon me sourit et me fait signe de venir m'asseoir à côté de lui, dans l'aquarium. C'est comme ça qu'on appelle notre studio de radio. Pendant qu'il fait jouer des demandes spéciales et que Rose-Amélie regarde ses magazines de *fashionistas*, il en profite pour me parler des prochains grands événements que je couvrirai : une conférence sur l'homophobie donnée par des animateurs d'un organisme communautaire, la visite d'un célèbre romancier d'origine haïtienne et des compétitions nationales de natation. Mais je n'ai aucun intérêt pour les sports. Ce n'est tout de même pas le moment de faire la fine gueule. Je ne veux pas aggraver mon cas par un refus qui pourrait me nuire.

Simon me fait sortir de ma bulle :

— As-tu ta nouvelle, Carol-Anne ?

— Oui, dis-je en lui tendant ma clé USB. Elle est dans le fichier Larentree.doc.

Il la copie sur son portable. Puis, il me montre les photos de Gérald, toujours aussi bien cadrées. Il sait croquer sur le vif des scènes singulières, mouvementées et dynamiques. Ses portraits aussi en disent long. On voit souvent des aspects qu'on ne connaissait pas d'une personne. Par contre, ses vidéos sont moins bien réussies. Personne n'a tous les talents. Ça lui viendra peut-être avec l'expérience.

Une photo attire mon attention : Rose-Amélie faisant un gros câlin à Felipe, comme si elle le connaissait déjà. C'est bien ce que Jasmine a observé durant le party. Moi, je ne suis pas restée assez longtemps pour être témoin de ce rapprochement affectueux et inattendu.

Jasmine avait plus l'esprit à la fête que moi, parce qu'elle a l'œil sur Simon. Maïka a prétendu avoir des obligations familiales. Puis le lendemain, quand on s'est revues, elle était assez muette à ce sujet. On aura tout vu. Je la connais depuis assez longtemps pour savoir quand elle ment. Elle n'est pas douée.

Chapitre 5

Une fille formidable

Ma mère doit accoucher d'un jour à l'autre. La gynécologue dit que ça ne va pas tarder. En attendant, elle devient franchement irritable. C'est rare qu'elle pète les plombs. Ça lui est arrivé ce matin. Elle a crié comme une cinglée après moi, sans que je puisse connaître les motifs de son emportement.

« Pourquoi je dois toujours être derrière toi à te dire quoi faire ? Vas-tu finir par ramasser tes maudites cochonneries ? Tu as l'air du Petit Poucet. Tu laisses des traces de ton passage un peu partout dans la maison.

Il faut que tu grandisses un peu, que tu te responsabilises, à l'âge que tu as...»

Enfin, quelque chose au sujet du respect des autres et de la vie en société. Peu importe. J'étais sur mon départ pour l'école, après avoir parlé avec mon père. C'était sa fête. Et c'est une tradition depuis qu'il nous a quittées pour l'étranger : on s'appelle le jour de notre anniversaire. Le sien et le mien. C'est tellement plus facile avec les nouvelles technologies.

Le jour de la fête de mon père, je vais aussi au restaurant avec grand-papounet, mon grand-père paternel, avec qui je parle de papa et de bien d'autres sujets encore. Je m'entends si bien avec lui. C'est un homme unique en son genre, intelligent et débordant de créativité.

Nous avons rendez-vous ce soir. On aime revenir à notre petit restaurant si sympathique, Parfums d'Indochine, pour la quiétude des lieux et la discrétion des serveurs, mais surtout pour les crêpes farcies de fines tranches de crevettes. Un vrai délice.

Grand-papounet est un drôle de numéro. C'est un artiste peintre jouissant d'une grande notoriété, pas du tout un vieillard tourné vers le passé. Il aime les gens et mord dans la vie à pleines dents. Il s'habille de façon extravagante. Pas très tendance. Avec ses chapeaux excentriques et ses chemises en soie brute à motifs très colorés, il est plutôt inhabituel.

Ceux qui ne le connaissent pas peuvent le trouver étrange de prime abord. Il est toujours surprenant, ce qui n'est pas un défaut, loin de là. Cela peut parfois bousculer certaines personnes. Dans son quartier, tout le monde le connaît. Mais à l'extérieur, les gens se retournent souvent sur son passage.

Lui, rien ne le dérange. Surtout pas les qu'en-dira-t-on. J'aimerais apprendre à vivre sans me soucier du regard des autres. M'accepter telle que je suis et arrêter de vouloir ressembler à je ne sais trop qui. J'ai du chemin à faire.

La première fois que grand-papounet a rencontré Maïka, il s'est arrêté de parler en coupant court pour l'observer de la tête aux pieds. Puis, après quelques secondes qui m'ont semblé une éternité, il lui a dit :

— Depuis le temps que j'entends parler de vous, c'est un plaisir de vous voir en chair et en os. Vous avez un joli visage ovale et vos yeux verts sont très expressifs. Vous faites une bonne première impression. C'est sûrement un atout dont vous savez tirer profit.

— Merci, a répondu mon amie, un peu surprise.

Grand-papounet est extraverti. Il aime dire ce qu'il pense et il ne s'en gêne pas. Il n'a jamais cru que ma mère serait la compagne idéale pour mon père. Il la trouvait trop traditionnelle et casanière. « Tu vas t'ennuyer avec une femme comme elle. Tu as besoin d'une complice qui caresse les mêmes rêves que toi. Charles, crois-moi. Tu es un infatigable globe-trotter. » C'est ce qu'il lui avait dit. Il y a longtemps. Mais mon père n'en a fait qu'à sa tête. C'est ça, la vie !

Geneviève et lui ont vécu ensemble une bonne dizaine d'années. Il a bien tenté de jouer au bon-petit-mari-rangé-qui-rentre-tous-les-soirs-à-la-maison. Mais ce n'était pas lui. Chassez le naturel, il revient au galop.

Mes parents ont essayé de faire un enfant, mais sans succès. Ils ont passé une batterie de tests dans une clinique de fertilité. Après plusieurs essais infructueux d'insémination in vitro, avec quelques derniers espoirs en poche, ils sont allés me chercher en Haïti. Ils étaient fous de joie en me ramenant avec eux. J'ai un album rempli à craquer de photos prises dans mon pays d'origine, qui, depuis, a changé de fond en comble.

Avec mon arrivée, la situation ne s'est pas arrangée entre eux pour autant. Charles s'est tant bien que mal accroché à sa petite famille. Il prenait parfois des contrats de deux ou trois mois à l'étranger, afin de satisfaire son besoin de bouger, de changer de milieu. Peu à peu, tout s'est effondré. Il nous a quittées, ma mère et moi, pour travailler dans d'autres pays. J'avais neuf ans. Bye, papa! Il vit maintenant en Chine.

◎ ◎ ◎

Après une bonne journée, quel réconfort de se retrouver en agréable compagnie. Grand-papounet a commandé des plats pour deux. Des rouleaux de printemps, du poulet à la citronnelle, des légumes croustillants, du riz grillé et, bien sûr, quelques crêpes. Sans oublier le thé.

— Afin que la conversation coule de source et s'étire plus longtemps, dit-il.

On déguste chacun des plats et on parle de tout sans nous limiter ou nous censurer. C'est ce que j'aime avec lui. Avec son caractère fougueux, il vit les choses plus intensément que moi, même quand il s'agit des événements de ma propre vie. Il me voit toujours venir de loin. Au dessert, il me regarde droit dans les yeux en sirotant sa boisson chaude.

— On ne peut pas vivre heureux très longtemps en réprimant qui on est vraiment, lance-t-il avec conviction.

Une réflexion profonde, quelque peu compromettante. Je soupire, puis il reprend :

— Pas besoin d'être devin pour savoir que tu ne vas pas bien.

J'essaie d'esquiver le sujet, mais il insiste sans dire un mot. Un simple regard suffit. Je finis par lui raconter mes mésaventures.

— Moi, je ne sais plus où j'en suis.

— Je sais, Carol-Anne.

— Qu'est-ce que tu en sais, exactement ?

— Écoute, je vais te dire ce que je pense. Je crois que tu souffres en silence, que tu t'ennuies de ton père et que l'arrivée du bébé ne te réjouit pas trop. Même que ça te fatigue. N'est-ce pas ?

— Tu lis dans mes pensées depuis toujours. Qu'est-ce que je peux ajouter ? Tu as tout compris.

— Je te connais comme si je t'avais tricotée, moitié laine, moitié coton. Je lis chacune de tes histoires. J'ai l'impression de les écrire moi-même et de veiller sur toi, quelque part dans un coin de mon esprit.

— Mes histoires, comme tu dis, ne sont pas tellement drôles, tu peux me croire. Je reçois des textos qui m'empoisonnent l'existence depuis le début de l'année. Et j'en ai assez. Assez !

— Qu'est-ce qu'ils disent, ces messages ?

— «Gros cul.» Cul comme la première lettre de Québec. Tu vois ce que je veux dire.

— C'est ridicule. Voyons donc, ça n'a pas d'allure. Il ne faudrait pas que tu te laisses abattre par ça, que tu perdes ta confiance en toi. As-tu essayé de découvrir qui te les envoie?

— Oui, c'est ce que je veux, mais je n'y arrive pas toute seule. Les fonctions de mon appareil semblent bloquées. Un oncle de Maïka devait nous dire comment faire pour découvrir l'expéditeur, mais il est parti en voyage d'affaires pour plusieurs semaines et il ne répond pas à nos courriels. Je ne sais pas quoi faire. Je veux que ça arrête. J'en reçois tous les jours, à tout bout de champ. J'en ai assez!

— Demande à quelqu'un d'autre, alors. Un mordu de techno ou un type du genre. Il y a toujours de petits génies solitaires en panne de reconnaissance. Essaie d'y penser. Et qui ne voudrait pas rendre service à une fille comme toi?

— Qu'est-ce que tu veux dire?

— Tu es un trésor, comme dit ton père. Un trésor, ma chérie. Une fille formidable qui s'ignore. Mais ça viendra. Tu découvriras tous ces beaux aspects de toi. Ça viendra… J'en suis convaincu. Tu es brillante et ton visage resplendit de beauté.

— Merci, grand-papounet, de t'intéresser à mes histoires. De m'écouter quand j'en ai besoin. Merci pour le vietnamien. C'était délicieux! Il va falloir que j'y aille maintenant. Il est tard.

On se lève en même temps. Grand-papounet règle l'addition et discute avec le propriétaire, qu'il connaît bien. Monsieur Le lui a acheté un tableau, il y a plusieurs années. Il a fait un bon investissement. L'œuvre de mon grand-père a pris beaucoup de valeur depuis.

On se quitte à la bouche de métro la plus près et on se promet de s'appeler bientôt. On se fait la bise. Cher grand-papounet, une chance que je t'ai. Quelle belle soirée j'ai passée pour la fête de papa, qui est à l'autre bout du monde. Ce qu'il me manque.

Le métro arrive à quai. Je m'y engouffre avec les autres passagers. J'ai hâte d'arriver à la maison et d'ouvrir un bon livre avant de m'endormir. En attendant, je me borne à feuilleter un journal gratuit qui traînait par terre. C'est toujours mieux que rien.

Je lève les yeux à temps pour me rendre compte que je suis arrivée à destination. Terminus. Je descends. Je marche lentement pour me rendre à la maison. Le ciel noir, truffé d'étoiles lumineuses, me donne des relents de romantisme. J'aimerais bien avoir quelqu'un, moi aussi. Un amoureux, rien que pour moi. Ça commence à me peser d'être toute seule.

⊙ ⊙ ⊙

Dans ma chambre, je rêvasse en lisant un roman. Je m'abandonne à son histoire de détective et de cadavres ambulants. Pour une fois que je me sens bien, je n'ai pas envie de me faire du mauvais sang.

Deux yeux brillent dans le noir en me fixant par la porte, que j'ai laissée entrouverte. C'est mon adorable Gavroche. Il monte sur mon lit et me regarde. Le gros matou saute sur moi et vient me pétrir le ventre avec ses pattes d'en avant. Ses yeux fauves se détournent lentement et se ferment.

Je délaisse mon bouquin et caresse le beau matou du bout des doigts. Il se met à ronronner très fort. Quel bonheur quand minet déclenche son tendre mantra. Ce chat m'apaise et ajoute une touche de beauté autour de moi. Il me mord doucement le cou. Miaou! Oui, je suis à toi!

Puis, je me dis qu'il va bientôt falloir rafraîchir la décoration de ma chambre. Tiens, tiens, si j'en parlais à Rose-Amélie?

— Que me conseilles-tu pour refaire ma déco?

— C'est un incontournable, tu dois tout repeindre en rose fuchsia et vert lime. C'est très in.

Pas tout à fait mon genre. Tant pis, je vais me débrouiller toute seule. Et si j'optais pour un beau store en bambou? Selon maman, c'est revenu à la mode. Je vais lui en glisser un mot. Ce serait notre projet, à Geneviève et à moi. Des couleurs neutres, chaleureuses et vibrantes en même temps. Ou encore, un style minimaliste. On verra bien. Chaque chose en son temps.

Elle aimerait peut-être refaire ma chambre après l'arrivée du bébé. Qu'il prenne son temps, le petit. S'il savait dans quelle galère il s'embarque, il ferait peut-être demi-tour et refuserait obstinément le passage !

Chapitre 6

Le bébé est trop chou

Je me réveille sans l'aide de mon réveille-matin. Les piles sont mortes. Je dormais dur, comme une bûche. Ah non! Pas ce matin! Je suis terriblement en retard pour le cours de monsieur Rimbaud. Dire qu'il a horreur des retardataires. Je pourrais entrer sur la pointe des pieds, sans me faire remarquer, et aller m'asseoir sans émettre le moindre bruit. Incognito. Mais non, je dois aller prendre un billet au secrétariat et le lui remettre. Vite, je fonce!

En ouvrant la porte de la classe, je réalise que c'est raté, mon affaire. Je me suis trompée de scénario. Le prof s'écrie, d'une manière théâtrale :

— Carol-Anne, tu tombes pile pour le dernier poème de la journée. On a commencé à déclamer les textes que vous m'avez remis. Tu sais, en préparation du concours de poésie. Prends deux minutes pour le lire en silence et lâche-toi lousse !

Je fais « oui » de la tête et, sur-le-champ, je vais me poster devant son bureau. J'avais oublié cette espèce d'épreuve de lecture à voix haute devant toute la classe. Plutôt intimidant pour une fille comme moi, qui préfère l'écrit à l'oral. Je n'ai pas eu le temps de m'en faire en tout cas. Le prof me remet la feuille en souriant.

— Ah oui, une consigne importante. Ne dis pas le nom de l'auteur. Il faut qu'il reste anonyme. Je les ai tous biffés de toute façon. Donne le titre pour commencer, et poursuis.

Bon ! C'est le temps ou jamais de foncer. Je lis le titre avec un trémolo dans la voix :

— *Désert nocturne.*

Je fais de mon mieux dans les circonstances.

— Allez, continue! insiste le prof. On t'écoute. On est suspendus à tes lèvres. Fais-nous quelque chose de ressenti. Laisse parler tes tripes.

C'est ce que j'essaie de faire.

— « Plus d'une fois, j'ai pensé mettre un point final à mes longues nuits désertes. »

Je reprends mon souffle, avant de continuer. Tout le poème s'enchaîne, tel un dernier appel à la vie. J'en ai la chair de poule. Je suis touchée par ce mal de vivre poignant et cette souffrance que ressent quelqu'un de mon âge.

On dirait que quelque chose dans les projets les plus intimes de cet élève s'est brisé. Comme si son chemin dans la vie avait pris des détours fâcheux sans qu'il ait le sentiment de pouvoir, lui, y changer quoi que ce soit.

— « Un cri désespéré m'arrache le cœur et l'âme. »

C'est terminé. Je regarde monsieur Rimbaud. Visiblement, il est touché, lui aussi.

— Bien lu, Carol-Anne, me félicite le prof. Grande intensité dans l'expression.

C'est très réussi. Bravo! Des commentaires? Quelqu'un veut ajouter quelque chose, ou encore poser une question pour qu'on en discute entre nous?

Rose-Amélie lève la main. Monsieur Rimbaud lui fait un signe de tête. Elle commence.

— Je n'ai pas du tout aimé ce poème prétentieux. C'est un gars qui l'a écrit, c'est évident. Il parle au masculin et se prend pas mal au sérieux, comme si la Terre allait cesser de tourner à cause de lui.

— Je vois. Mais il ne faut pas seulement interpréter, Rose, rétorque le prof. Ton commentaire doit s'appuyer sur une analyse du vocabulaire, par exemple. Restons objectifs. Je ne le répéterai jamais assez. Avant de tirer des conclusions du genre « j'aime » ou « je n'aime pas », tu dois étoffer ton propos. Tu saisis? Autrement, on tombe dans la facilité et l'interprétation subjective. Tu te souviens du poème, *Le Bateau ivre* de Rimbaud, qu'on avait travaillé ensemble?

— Difficile d'oublier ça.

— Bon. Le bateau, tu te rappelles, était le symbole de la destinée du poète, et non pas un simple véhicule de transport maritime…

— Oui. Bon, ça va pour le bateau. Mais là, ce que je comprends, c'est les prétentions littéraires de l'auteur entre guillemets. Il se croit au-dessus de la mêlée, termine-t-elle en regardant Felipe avec insistance.

— D'accord. C'est assez pour aujourd'hui, réplique le prof en replaçant le poème sur le dessus de la pile. On va en reparler au prochain cours. Et n'oubliez pas votre exercice sur le questionnement du texte explicatif. Pour le prochain cours, tout le monde. C'est compris?

Rose-Amélie aime parler à tort et à travers. Un peu plus et elle pointait Felipe du doigt. Pas très subtile. Elle lui reproche probablement de ne pas s'être occupé d'elle au party et veut lui faire payer sa négligence. Elle vient de lui lancer un sérieux avertissement: «Si tu ne fais pas ce que je veux, je vais t'humilier et me venger de toutes les façons possibles.»

La célèbre reine des vacheries ne ménage personne. Son troupeau de clones la suit partout en buvant ses paroles. Comme si ce n'était pas assez, au début de chaque année, Rose-Amélie se trouve une proie de choix qu'elle insulte au gré de ses fantaisies. Ses griffes, aussi acérées que ses talons aiguilles, se sont posées sur Gérald. Le *techno-nerd*, qui ne dérange personne et fait ses petites affaires, est devenu son nouveau souffre-douleur.

En quelques mots, elle a su rallier tous ses amis autour de cet ennemi commun. Elle le traite avec beaucoup de mépris. L'autre jour, à la cafétéria, j'ai été témoin d'une scène horrible, d'une rare cruauté. Au moment où il passait devant sa table, elle lui a lancé très fort, devant tout le monde :

— Si ce n'est pas le *loser*, G-raldo. Ou bien Gai-raldo. C'est vrai que tu es un *loser* de « fif ».

Personne n'a dit quoi que ce soit. Ça m'énerve ! Simon, qui est copain avec Gérald, était dans l'aquarium. J'aurais dû réagir, empêcher la meneuse et ses suiveuses d'aller aussi loin. Je ne voulais pas d'histoires. Donc, je ne m'en suis pas mêlée. J'ai fermé les yeux, comme tout le monde. J'en ai assez d'être une observatrice silencieuse.

En plus, je viens de recevoir un autre texto insultant. Je suis sur le point d'éclater!

◎ ◎ ◎

Au début octobre, au moment où je suis attablée à la cafétéria avec quelques amies et où on discute de nos projets du week-end, mon téléphone cellulaire se met à sonner. Qu'est-ce que j'en ai fait? Je ne le trouve pas dans le fouillis de mon sac à dos.

Il sonne et sonne encore. Mais dans quelle pochette est-il? Merde! Il n'arrête pas de carillonner. Maïka trouve ça drôle, elle! Ça y est, je l'ai! Je le tiens et l'ouvre machinalement.

— Oui, allô? Qu'est-ce qu'il y a…? Maman… Quoi? O.K. J'arrive tout de suite.

Maïka me regarde.

— Ça y est... Hein, c'est ça?

— Oui. Le bébé s'en vient. Les contractions ont débuté au petit matin. Là, ma mère est à l'hôpital et elle a déjà commencé à pousser.

— Ne t'en fais pas, dit Jasmine, ça prend au moins une heure à partir de ce moment-là. Prends tout ton temps.

— C'est ce que ma tante disait, la semaine dernière, ajoute sa petite sœur. Elle a déjà eu six enfants. Quelle marmaille!

— J'y vais tout de suite. Bye gang!

Je sors en trombe de la cafétéria, accompagnée par les «Bye! Bonne chance!» et les «Donne-nous vite des nouvelles!» de mes copines. Je fonce tout droit à l'hôpital. Je tremble de partout. Qu'est-ce qui m'arrive?

◉ ◉ ◉

Ouf! Quelle histoire à l'hôpital! Les choses se sont précipitées. Le bébé est sorti très vite. Un TGV à l'étage de l'obstétrique! À mon arrivée, tout est terminé.

— C'est rare qu'un premier accouchement se déroule comme ça, dit une infirmière.

Le poupon a pris tout le monde par surprise. Moi la première.

Je craque tout de suite pour ce petit frère que je ne voulais pas vraiment. Que je ne voulais pas tout court. Je ne peux pas lui résister. Ce bébé est trop chou! Tout fripé, tout chaud et tellement mignon. Un petit paquet de vie innocent sorti du ventre de ma mère. Pas un cheveu sur le caillou. Petit être dénué de la moindre méchanceté.

Quel soulagement, tout de même! Maman semble heureuse, mais épuisée. Elle me prend dans ses bras, me caresse les cheveux.

— Regarde-le. Qu'est-ce que tu en penses? me demande-t-elle tout de go, en regardant dans la direction de bébé Ulric.

— Il est si petit, ce n'est pas croyable.

— Il va vite reprendre du poil de la bête, tu vas voir.

— Il a tous ses morceaux, c'est ça qui compte.

— Es-tu contente, ma grande?

— J'ai l'impression de vivre ça en accéléré. Ouf! Je vais m'asseoir.

Cet événement, et tout ce qu'il signifie, se déroule à une vitesse vertigineuse. Ma mère qui fonde une nouvelle famille. Mon père, toujours à l'étranger. Mon besoin de crier qui je suis. Mais qu'est-ce que je veux faire de ma vie ? Où est ma vraie place ? Toutes ces questions tournent dans ma tête.

— Je comprends ce que tu veux dire. On va s'en reparler, toutes les deux, quand je serai de retour à la maison.

— Tu as accouché en criant ciseau. Comment ça va ? C'est allé vite, hein ?

— J'ai senti une énorme crampe me barrer le ventre. C'était épouvantable. J'ai téléphoné à Alain, qui était à Sherbrooke. Tu es partie pour l'école. Un peu plus tard, j'ai ramassé mes affaires et pris un taxi. Je t'ai appelée sur ton cellulaire. Tu vois, c'est pratique. Sans le savoir, j'étais déjà pas mal avancée. Tout s'est enchaîné très vite. J'ai ri et pleuré en même temps. C'était plutôt spécial.

— Wow ! C'est quelque chose. Toute une expérience !

— À qui le dis-tu, ma grande !

Alain, son conjoint, semble comblé par son troisième enfant. Je ne vois pas souvent ses deux autres fils, bien qu'ils soient très gentils et d'agréable compagnie. Le plus âgé est blond et vit en appartement. Le plus jeune a les cheveux noir jais et habite avec sa mère. Il vient voir son père de temps à autre. Quant au cadet, on verra bien dans quelques mois.

Bon! Je vais prendre congé de ce beau monde. Je suis toujours embarrassée et un peu gauche quand vient le moment de partir. Mais l'heure a sonné!

— Maman, je suis ravie du bonheur que vous avez, toi et Alain. C'est super pour vous deux, dis-je en me levant.

J'embrasse les nouveaux parents.

En quittant la chambre, je salue ma mère et Alain une dernière fois. J'adresse un dernier regard à mon nouveau petit frère. J'ai besoin d'une bouffée d'air de Montréal. Respirer le centre-ville! J'ai tellement envie de marcher. Marcher longtemps. Descendre dans le Vieux-Montréal. Rejoindre grand-papounet dans son atelier. J'espère qu'il est là. Je lui téléphone en sortant de l'hôpital.

— Allô, c'est moi.

— Bonjour, ma chérie. Comment vas-tu ?

— Bien. Es-tu à l'atelier ?

— Oui, je travaille. Pourquoi ?

— Attends-moi, j'arrive.

— D'accord. Es-tu bien ?

— Oui, ça va. Il est né. C'est un garçon. Bisous. À plus.

— Je t'attends.

Tout à coup, je réalise que j'ai oublié d'avertir l'école de mon absence pour l'après-midi. Je suis partie en coup de vent. Ce n'est pas grave. Je le ferai plus tard. En attendant, je ne suis pas tout à fait certaine de ce que je ressens. Disons que j'aimerais y voir plus clair. Grand-papounet devrait m'y aider, et je me sentirai mieux par la suite.

Rien ne peut ébrécher sa joie de vivre, qui lui tient au corps depuis des années. Depuis qu'il a fait le grand saut et qu'il a décidé, en toute lucidité, de vivre sa vie d'artiste. Cela n'a pas été facile pour lui au début. « J'en ai mangé, de la vache enragée. » Mais il a tenu bon et a réussi à vivre de son art. Que cela me serve de leçon.

Le vent se met de la partie et soulève ma jupe. Le ciel orageux ne devrait pas tarder à éclater. Il ne manquait plus que ça. Enfin, j'arrive dans le Vieux !

L'atelier de grand-papounet est immense. Depuis quelques années, il fait dans le *street art*[3]. Il a des amis, partout dans le monde, avec qui il échange idées et techniques. Ses réalisations font fureur. Il a même été invité dans des universités, ici et aux États-Unis, pour parler de ses travaux. En me voyant entrer, il s'élance vers moi :

— Ma chérie, comment te sens-tu ?

— Je ne sais pas. J'imagine que ça va aller.

— Veux-tu un bon café au lait ?

— Tu connais mon point faible, toi.

On se dirige vers son coin-cuisine. Il prépare un excellent café au lait avec une mousse onctueuse et une pointe de cacao en poudre à faire rêver.

---

3. Mouvement artistique contemporain qui regroupe des artistes utilisant différents supports comme l'affiche, l'autocollant, le pochoir, mais aussi la peinture et les installations dans l'espace urbain.

— Ça va te réchauffer l'âme, dit-il en me tendant un beau bol de porcelaine que papa lui a rapporté d'Europe.

— Hum ! Merci. Qu'est-ce que je ferais sans toi ? Tu es ma mère et mon père en même temps. Des fois, je pense qu'on est des âmes sœurs. Est-ce possible ?

— Pourquoi pas ? Ce n'est pas une simple question d'âge. Je suis toujours sur la même longueur d'onde que toi. C'est vrai.

— Moi aussi. Et ton café au lait est tellement bon. Tu es insurpassable !

Je l'embrasse, puis on va s'écraser sur un grand divan difforme, mais confortable. Je lui parle à cœur ouvert. Il me lit les yeux fermés. Je lui raconte l'accouchement de maman et l'arrivée du petit Ulric. On parle de tout et de rien. De nous, de nos idées, de notre vie. Une chance que je l'ai.

L'après-midi passe vite. On mange un morceau. Il me montre ses tableaux les plus récents. Il s'emballe. Ça me plaît. Il me décrit sa dernière installation, *Aphrodite numérique*. Une œuvre combinant la peinture, la sculpture, l'éclairage et le son.

— Elle a sa propre dynamique, dans un espace particulier. C'est plein d'allusions à la promiscuité des citadins et à l'attirance qu'ils peuvent ressentir les uns envers les autres sans toutefois se connaître, sinon à travers les réseaux sociaux du Web.

Le temps file rapidement en présence de grand-papounet. C'est un artiste formidable, un individu plus libre que la plupart des gens. Il évolue en dehors des normes pour pouvoir créer. On est porté à accepter de la part des créateurs des attitudes qu'on reprocherait facilement à d'autres personnes.

Bon, j'ai tout de même sommeil, comme après avoir fourni un grand effort. Pourtant, ce n'est pas moi qui ai accouché.

— Je crois que je vais y aller. Je me sens fatiguée, dis-je en m'étirant.

— Tu es sûre que tu ne veux pas dormir ici, dans la chambre d'amis?

— Non, je veux être dans mes affaires ce soir. Merci quand même pour la proposition. Ton café au lait va me manquer demain matin.

— As-tu trouvé quelqu'un pour localiser la source des messages indésirables que tu reçois?

— Je crois que oui. J'ai quelqu'un en vue.

Le *techno-nerd*, Gérald. Il n'y a que lui pour m'aider. C'est la première personne qui me vient à l'esprit. Comment vais-je l'aborder? Qu'est-ce que je vais bien pouvoir lui dire, moi qui ne lui parle presque pas? Et si je demandais à Simon de servir d'intermédiaire…?

— Donne-moi de tes nouvelles, dit grand-père.

— C'est certain. Toi aussi, fais-moi signe.

On se fait un gros câlin en se quittant. Sur le chemin du métro, je me sens déjà mieux. Je regarde le ciel, qui s'est éclairci. Tout comme moi. Ce que j'avais sur le cœur est sorti quand l'orage a éclaté. Mais il me reste encore du ménage à faire dans ma tête.

Chapitre 7

Les matières controversées

Aussitôt arrivée à l'école, lundi matin, je me rends au secrétariat afin de justifier mon absence du vendredi. Puis, je vais à mon casier, où je trouve un *post-it* sur lequel est griffonné « gros cul ». Je l'enlève sans broncher et j'attrape mes livres d'anglais.

Tiens, je prends ça déjà mieux. Ça fait vraiment pitié qu'une personne ne trouve rien d'autre pour s'occuper que d'essayer de faire du mal. Je souris en apercevant Felipe. Il est super beau. Bon, d'accord, il n'est pas ce qu'on appelle un garçon modèle. Malgré cela, les filles sont folles de lui, de ses mains d'artiste toujours tachées de l'encre de ses feutres.

C'est un mauvais garçon bourré de talent. Un gars allumé et agréable à côtoyer, qui a plein d'idées et aime les partager avec nous. Ses poèmes parlent pour lui et ses dessins encore davantage. Il dessine beaucoup et il nous montre tout ce qu'il réalise, à Maïka, Jasmine et moi. Il nous appelle les trois Grâces. Depuis quelque temps, il vient manger avec nous le midi. On s'entend bien avec lui, et les sujets de conversation ne manquent pas.

Simon l'imite de plus en plus quand il n'est pas à la radio étudiante. La nouvelle, c'est qu'il vient de virer Rose-Amélie de son émission. Il n'accepte pas la façon dont elle traite Gérald. Il lui a dit sans détour :

— Pour moi, faire des communications et du journalisme étudiant, c'est essayer de s'ouvrir aux autres et d'accepter les différences. J'ai essayé de parler avec toi et de te comprendre. Tu n'écoutes personne, tu te fous complètement de faire de la peine aux gens. Tu prends Gérald pour un sac de sable, et ça, je ne peux pas l'accepter.

Un défenseur de la veuve et de l'orphelin, Simon a la fibre sociale d'un être généreux, qui aime aider les autres. Ça me touche, et c'est assez exceptionnel.

Quant à Gérald, il a accepté de retracer la provenance des textos que je reçois. Je lui ai demandé gentiment et il m'a répondu « oui » sur-le-champ. Ces messages se font plus rares, mais ils n'ont pas cessé pour autant. Toujours les mêmes sept lettres, qui me dérangent énormément et nuisent à ma concentration.

— Pas de problème, Carol-Anne. J'ai besoin de ton téléphone pour la soirée. Je te le remets demain à la première heure. Je connais un gars qui connaît un gars. Ça devrait aller. Donne-moi quelques jours, a-t-il promis. Il y a certainement moyen de débusquer l'expéditeur.

Bon, je pense que les choses s'arrangent, après tout. Demain, quelqu'un va lire mon poème en français. À mon avis, c'est la meilleure classe pour avoir l'immunité diplomatique, pour me sentir protégée du jugement des autres! Monsieur Rimbaud est tellement gentil avec moi. Je devrais bien m'en sortir, même si j'ai une terrible frousse.

J'espère que personne ne reconnaîtra que je suis l'auteure de *Discordance*. Ça me gênerait trop, parce que j'y parle de moi. Je n'en ai pas tout à fait l'habitude. Débattre de questions sociales et humanitaires, ça ne me dérange pas. J'aime bien argumenter et trouver des idées. Mais parler de moi, c'est autre chose.

◉ ◉ ◉

Sans qu'on s'y attende, Gérald est sorti du placard et a avoué son homosexualité. D'ailleurs, je dois l'interviewer sur les raisons de son *coming out*, comme on dit, après avoir rédigé ma nouvelle sur la conférence intitulée *Être ado et vivre sans peur avec son homosexualité*. Cet événement a réuni à peine une trentaine d'élèves à l'auditorium. Comme si la seule présence des participants prouvait hors de tout doute leur orientation homosexuelle. C'est bête, les tabous ont la vie dure !

Les animateurs ont amené les élèves à réfléchir sur la discrimination à l'école. À l'aide de jeux et de sketches vidéo, ils ont abordé le rejet, l'intimidation et l'homophobie en milieu scolaire. Jasmine a posé des questions et a pris position pour la tolérance.

— Dans mon pays d'origine, la Tunisie, les homosexuels doivent se cacher, sinon ils sont jetés en prison. L'homophobie est une menace pour la liberté des hommes et des femmes. Il faut la combattre. Les gais et les lesbiennes ont le droit de vivre selon leur nature. Je crois qu'on ne choisit pas d'être homosexuel. On naît comme ça.

Toutes les discussions ont prouvé que la plupart des jeunes ont une perception négative de l'homosexualité. Tout le monde se dit ouvert. Ouvert aux différences et ouvert aux autres, mais quand vient le temps de parler d'orientation sexuelle, beaucoup d'élèves témoignent encore du mépris à l'égard des homosexuels.

Plus tard, l'un des animateurs a conclu :

— Imaginez la terrible angoisse qu'on peut vivre quand on se rend compte qu'on l'est. On doit vouloir se faire rassurer, tout au moins par les gens qu'on aime. Et s'ils ne l'acceptent pas ? Alors, c'est épouvantable, car l'adolescence est déjà une période difficile pour certains...

Jasmine et moi, on a adoré ce débat. Mon amie n'a peur de rien grâce à son éducation. Ses parents la poussent à débattre, à critiquer et à lutter avec audace et lucidité. Il y a quelques années, ils ont émigré de l'Afrique du Nord, à cause d'un manque de liberté d'expression. En quittant leur terre natale pour le Québec, ses parents ont travaillé fort afin de permettre à Jasmine, à son frère et à sa sœur cadette d'aspirer à une vie meilleure. Ils savent ce qu'ils ont gagné en s'établissant parmi nous.

◎ ◎ ◎

J'en ai mis du temps à comprendre que Maïka était amoureuse. Il faut dire que mon amie s'est faite discrète, pour une fois. Elle avait peut-être peur de ma réaction? À dire vrai, parfois je n'allume pas vite du tout. C'est peut-être à cause de bébé Ulric qui pleure la nuit. Je me réveille à maintes reprises et je me rendors avec difficulté à cause du va-et-vient bruyant dans la maison.

Même le chat, Gavroche, ne sait plus où donner de la tête. Il se réfugie dans ma chambre, son havre de paix et de tranquillité. Il est devenu très collant avec moi. Il ne quitte presque plus ma chambre, sauf pour manger ou aller dans sa litière.

Quoi qu'il en soit, Maïka est éprise d'Alexandre, le beau-grand-vendeur-aimable-comme-tout, qui a 20 ans et possède la boutique Europa. Il suit des cours du soir à l'université, aime Maïka comme un malade et veut sortir sérieusement avec elle. Ce serait formidable s'il n'y avait pas cet écart d'âge entre eux.

Jasmine, qui est loin d'être conventionnelle, prétend que ça n'a aucune espèce d'importance.

— Ça n'a rien à voir avec les sentiments. L'âge ne compte plus, de nos jours. Qu'est-ce que ça peut bien faire ? Il faut en revenir une fois pour toutes avec ce détail insignifiant. Et puis, la différence n'est pas énorme, je vous ferai remarquer.

— Je voudrais bien que tout le monde pense la même chose que toi, répond Maïka. Pour mes parents, la différence se résume à être mineur ou être majeur… Tu vois ce que je veux dire.

— Ce qui compte, c'est l'amour, les sentiments, et pas autre chose, soutient Jasmine. À peine quatre ans vous séparent. Ce n'est rien.

Mais là-dessus, Maïka doit négocier avec ses parents. Surtout avec son père, qui ne voit pas cette relation d'un très bon œil. Monsieur et madame Laclos rencontrent le soupirant de leur fille cette semaine.

Bien sûr, l'imprévisible Maïka veut Alexandre. Elle y tient mordicus et ne lâchera pas le morceau facilement. Une fille amoureuse peut soulever des montagnes. Reste à savoir ce qu'elle nous réserve.

— Oui, mais là, Alex c'est pour vrai. Cette fois, je sens que ça va marcher, quelque chose d'important va se produire. Je n'ai jamais eu autant de frissons en regardant un gars. Et puis, il a quelque chose de plus que les autres... Il est plus tranquille, plus réfléchi.

Je me demande si elle se rend compte de ce qu'elle dit. Au début de l'été, elle ne parlait que de Damien. C'était pour la vie. Leur relation a duré un mois. Amoureuse d'un gars beaucoup plus vieux qu'elle, elle prétend que c'est l'amour avec un grand A. On verra bien.

Les histoires d'amour sont tellement compliquées. Jasmine aimerait sortir avec Simon, qui ne veut rien savoir d'elle. Felipe a l'œil sur Maïka : mission impossible. Moi, je ne sais pas ce que je veux, mais avoir un petit copain, ce serait tout de même agréable.

Et dire que le mystère plane toujours sur la personne qui expédie des textos depuis le début de l'année. Maintenant, les messages me surnomment « Miss Popcorn ». Maïka adore ce surnom, dont elle commence à m'affubler elle aussi.

— Miss Popcorn, c'est toi. Tu aimes le *popcorn* et tu en manges souvent. Quand on raffole du *popcorn*, on ne peut plus s'en passer. C'est la même chose avec toi! Tu es une fille super attachante. Ce n'est pas pour rien que tu es ma *best*, Carol-Anne.

— Maïka, c'est gentil. Moi aussi, je trouve les surnoms affectueux. Mais arrête ça, parce que je suis sur le point d'éclater. Et quand ça va péter, ça va péter très fort. Ça fait trop longtemps que je me retiens. Que je ne dis pas le fond de ma pensée. Alors, je t'avertis : j'en ai assez et je vais crier.

— Cool! J'espère être là pour voir ça. Ou plutôt pour entendre ça!

On change vite de sujet, avant que je ne m'emporte pour de bon.

— Tu vas faire un party d'Halloween, s'exclame Jasmine, en regardant Maïka. Je trouve que c'est une très bonne idée! Wow!

— Ça se pourrait. Ouais… D'accord!

Super joyeuse d'organiser une fête costumée, Maïka nous demande de l'aider.

— Dites, vous allez me donner un coup de main? Hein? Je peux compter sur vous?

— C'est sûr. Depuis le temps qu'on en rêve. Notre dernier party d'Halloween avant le cégep. Déjà... C'est quand ?

— Le dimanche de l'Halloween, décide Maïka.

⊚ ⊚ ⊚

Ce que je suis nerveuse. On va lire mon poème en classe aujourd'hui. Puisque les poèmes sont lus à voix haute, le lecteur a beaucoup d'importance pour donner vie au texte de l'auteur, à son expression et ses émotions. Quoi qu'il en soit, j'ai répondu à l'appel de monsieur Rimbaud et laissé libre cours à ma fantaisie.

Je regarde ma montre sans arrêt. Épouvantée et abandonnée, je traîne dans les corridors, comme la petite fille aux allumettes[4] ; « Aidez-moi, ai-je envie de crier, je craque de partout ! » C'est vrai que j'ai de l'imagination. Bon, je dois me ressaisir.

Tout à coup, je vois Rose-Amélie. Je fais comme si de rien n'était. Je n'ai pas envie

---

4. Personnage d'un conte d'Andersen qui raconte l'histoire d'une fillette pauvre et misérable. Elle vend des allumettes aux passants, en plein hiver, et cherche à se réchauffer.

qu'elle se joigne à moi pour se rendre au cours de français. Elle me tape sur les nerfs. Miss Culture convient de ce qui est beau et de ce qui est laid, de tout ce qui est in et de ce qui est dépassé, en ouvrant sa grande trappe de sale chipie.

Depuis qu'elle a été virée de l'émission de Simon, elle est pire que jamais. Comme si c'était possible. Plus méchante et plus ironique encore.

Je l'ai échappé belle. Elle s'est arrêtée aux toilettes pour se repoudrer le nez. Quel cauchemar, si j'avais dû lui parler. Je n'ai pas le cœur aux futilités. Bon, je vais prendre ma place en classe.

Les élèves arrivent un à un, long chapelet de présences obligatoires. Un texto vient de s'afficher sur mon cellulaire. Ce n'est pas le bon moment. Il ne manquait plus que ça!

Je vais bientôt me débarrasser de cet appareil inutile, maintenant que ma mère a accouché. Au revoir, technologie! Ce sera ma douce revanche, en quelque sorte.

— Bonjour tout le monde. Vous dormez? Eh oh! Vous connaissez notre programme.

Bon, sans plus tarder, on commence la lecture des derniers poèmes, dit monsieur Rimbaud en entrant dans le local.

Il y en a quelques-uns avant le mien. Tant mieux! À mesure que le temps s'écoule, j'ai de la difficulté à me calmer et je deviens livide. Qu'est-ce que j'ai? Puis, mon tour arrive. Je suis à l'envers et désireuse que cette période se termine au plus vite. Je transpire de la tête aux pieds et j'ai la nausée. Surtout, pas de panique!

Le prof tend une feuille à Rose-Amélie.

— Vas-y. Lance-toi! Épate-nous.

Ah non, pas elle! Elle commence la lecture. Le titre d'abord :

— *Discordance*.

Je rougis. Elle enchaîne les deux premiers paragraphes, sans grande conviction. Elle se reprend un peu au milieu, en y mettant plus d'intonation :

— « Je ne sais pas où mon cœur va,

Il est perdu dans le tumulte,

Il est tout nu cœur d'ingénue. »

Plus elle avance, plus je rougis et plus j'ai chaud. Vers la fin, elle est un peu meilleure et suit mieux le rythme des phrases :

— « Je ne sais plus le sens des mots,
L'ineffable s'étale, me laissant lamentable
Devant trop de présences à accorder. »
J'ai terminé !

On avait remarqué, espèce de... fille sexy ! À la fin de la lecture, je suis trempée jusqu'aux os. Rose-Amélie n'a pas été très bonne. Elle a lu d'une manière affectée. Mais je m'y attendais. Elle revient à sa place.

— Des commentaires ? demande le prof.

Comme toujours, Simon a quelque chose d'intelligent à dire.

— Autant les images sont fortes, autant le thème est intéressant. On comprend que cette personne veut se libérer d'un carcan à la fois social et personnel... Personnel à cause de l'emploi du « je ». Social à cause des références à l'oppression extérieure et au manque de solidarité. On le comprend bien dans certains passages intenses.

— C'est bien, Simon, répond monsieur Rimbaud. C'est exactement ce genre de commentaire auquel je m'attends de votre part, en 5e secondaire.

— Mais ça ne sert à rien, la poésie, lance Cynthia, une amie de Rose-Amélie. Pour gagner notre vie, on n'a pas besoin de connaître ça.

J'ai le goût de parler et de m'expliquer. Je me dis : «Soit tu lui dis de se taire, soit tu fermes ta boîte.» Je prends la seconde option par prudence, ou simplement par esprit pratique : j'ai tellement transpiré, j'ai besoin de m'éponger le visage avant d'attirer les regards sur moi.

— Mon travail, Cynthia, réitère le prof, c'est de former de futurs citoyens curieux et capables d'organiser leur pensée, de formuler une critique qui se tient et s'appuie sur des faits. Former le goût qui mènera à une consommation de la culture moins stéréotypée.

— Qu'est-ce que vous voulez dire par là ?

Pauvre monsieur Rimbaud. Ce n'est pas facile pour un homme de convictions et d'intégrité de faire comprendre à Cynthia qu'il y a autre chose à lire que des magazines de mode ou des livres à succès traduits de l'américain. Il y a du théâtre et des spectacles gratuits, par exemple, dans les maisons de la culture, tandis qu'elle se limite à traîner dans les centres commerciaux pour y dépenser de l'argent.

— D'autres remarques ? interroge le prof. Felipe, tu lèves la main. Quoi ?

— Euh... oui. Je vois ce poème comme une petite chronique de la violence quotidienne, faite d'injures et d'intimidations. Toutes ces choses qui font mal. Pour moi, l'auteur veut réellement dépasser tout ça. C'est une situation pénible.

— Bravo, les gars. On va terminer là-dessus. Avant de partir, remettez-moi votre travail de la semaine, s'il vous plaît. Allez !

Que de matière à controverse, cette année ! Tout un monde me sépare des filles comme Cynthia et Rose-Amélie. On ne vit pas sur la même planète. Malgré tout, il faut composer avec tout un chacun. Je ne veux pas dire qu'il faut aimer tout le monde pour autant. L'amour, c'est autre chose !

Chapitre 8

La révolte du *techno-nerd*

Les parents de Maïka acceptent qu'elle fréquente Alexandre, à certaines conditions. Elle n'a pas le choix de respecter un couvre-feu, de dire où elle va et avec qui elle sort. Elle doit les appeler au moindre contretemps et être joignable en tout temps. Elle va se rapporter à eux comme elle ne l'a jamais fait auparavant. C'est le prix qu'elle est prête à payer pour sortir avec lui. Tout cela ne la gêne pas outre mesure.

— Regarde, me dit-elle, on a beaucoup de choses en commun. Moi, je veux étudier en mise en marché de la mode et lui, il suit des cours d'administration.

— En plus, tu aimes magasiner et lui, il a une boutique de vêtements ! Ça adonne bien.

— C'est vrai, ça. Je n'y avais pas pensé. Je t'adore, Carol-Anne.

Le beau-grand-vendeur-aimable-comme-tout est un très, très beau gars. Il a des yeux gris magnifiques et porte en permanence une barbe de trois jours. Ses cheveux ondulés noirs lui tombent en bas des oreilles, et que dire de sa magnifique silhouette en V ? Il est parfait. C'est peut-être trop beau pour être vrai. À moins que je ne sois jalouse. Est-ce possible ? Ça ne m'est jamais arrivé auparavant… Non.

Je ne le sens pas, ce gars-là. Point à la ligne.

◉ ◉ ◉

Monsieur Rimbaud m'a demandé de rester avec lui après un cours. Il s'est rendu compte que quelque chose cloche avec moi. Derrière ses fines lunettes de métal brossé, son regard attentif se pose sur moi. Il me parle doucement, comme si le temps s'arrêtait :

— Carol-Anne, je sais que tu n'es pas comme d'habitude. Qu'est-ce que tu as ? C'est à cause du bébé ?

— Le bébé, ce n'est pas facile, mais il est tellement chou. C'est impossible de lui résister.

— Bon alors, qu'est-ce qui ne va pas ? Je te connais assez pour m'en apercevoir. D'habitude, tu es plus souriante. Tu as plus d'entrain. Même pour le journal étudiant, tu sembles moins intéressée.

— N'allez surtout pas croire ça. J'adore écrire pour le Web. C'est que depuis le début de l'année… Hum ! Eh bien ! C'est difficile à dire.

— Qu'est-ce qu'il y a ? Tu peux avoir confiance en moi.

— Oui, je le sais. Mais ce n'est pas facile. Je ne sais pas comment… Voilà : je reçois des textos dégradants, qui ridiculisent mon corps. Ce n'est pas juste. J'en ai assez ! Je veux dénoncer cette situation et confondre le coupable.

— Sais-tu qui te les envoie ?

— Je n'en ai aucune idée pour le moment. Mais quelqu'un essaie de le savoir. J'ai hâte de prendre la personne sur le fait pour lui dire ma façon de penser en pleine figure.

— Moi, j'ai peut-être une piste.

— C'est vrai?

— Mine de rien, les élèves ne font pas toujours attention à moi. Ils continuent de parler comme si je n'étais pas là. Ça m'est arrivé récemment. Un gars a parlé de textos qui étaient envoyés à une fille.

J'écoute le prof. Je sais qu'on peut toujours trouver refuge auprès de lui. Il sait soutenir sans prendre trop de place. Il encourage sans mettre de pression. J'aime me retrouver dans sa classe. Ses cours ne sont pas ennuyeux. Loin de là.

Poète dans l'âme et philosophe à temps plein, monsieur Rimbaud est toujours là pour nous écouter et distiller ses conseils. Il me secoue les puces, me brasse la cage et sait me faire réagir... dans le bon sens.

— Et quel est le lien avec moi?

◉ ◉ ◉

Au moment où tout semble s'arranger pour Felipe, une rumeur se met à circuler à son sujet. Inutile d'en mentionner la source. Je crois savoir qui a fait le coup. Les rumeurs vont vite. Tout le monde ne parle que du passé de drogué de Felipe. De sa cure de désintoxication dans une clinique de l'Ouest-de-l'Île. De son renvoi d'une école privée très huppée. Et j'en passe, des vertes et des pas mûres. Ça lui en fait gros sur le cœur.

— C'est vrai, je ne suis pas un enfant de chœur. C'est vrai aussi que je suis déjà sorti avec Rose-Amélie, mais pas longtemps. Je voulais faire plaisir à mes parents, pour une fois, parce que nos familles se connaissent.

— Elle dit que tu préférais les filles beaucoup plus âgées, lance Maïka.

— Ah! La vache! Elle n'en rate pas une. Tout le monde pense que je n'ai pas été correct avec elle. Ce n'est pas vrai. Elle voulait sortir avec tous les gars de mon école. Je vous le dis, c'est une machine à séduire cette fille-là.

— Tout ce qu'elle peut pour faire du mal, elle le fait, comme si elle avait une idée fixe, reprend Maïka. C'est curieux, elle a tout ce qu'elle veut. Vêtements griffés, accessoires de luxe. Et elle a de l'argent plein les poches.

— Mais pas de tête, souligne Simon. Il lui manque l'essentiel, d'après moi. Elle n'a pas de tête.

— Pourquoi agit-elle comme ça, en tout cas? demande Jasmine.

— Elle se fait rabaisser par sa mère, soutient Felipe. C'est une femme dominatrice, qui a des attentes démesurées envers sa fille. Elle veut que Rose-Amélie soit toujours la meilleure.

— Tu veux dire qu'elle doit réussir toujours mieux que les autres tout ce qu'elle entreprend? Il faut qu'elle soit toujours plus belle, plus riche, plus svelte, dis-je. Je ne changerais pas de place avec elle pour tout l'or du monde.

— Oui, c'est exactement ça. Et c'est beaucoup de pression, poursuit Felipe. Déjà qu'elle a dû se battre pour venir dans notre école, qui n'était pas du niveau que sa mère souhaitait.

— C'est pour ça qu'elle fait chier tout le monde et veut toujours attirer l'attention sur elle, réagit Simon.

— Peut-être que c'est sa façon à elle de dire qu'elle existe en dehors de sa mère. Je ne dis pas ça pour l'excuser, vous savez. On parle pour parler.

Puis, sans qu'on s'y attende (ce n'est pas du tout son genre), Gérald s'empourpre et sort de ses gonds :

— Les parents ne sont pas parfaits. Les miens non plus. Ils font de leur mieux la plupart du temps. Puis, ça n'explique pas tout. Il faut en revenir. Chacun fait ses propres choix. C'est pareil pour elle. Moi, j'avais choisi de ne pas faire de vagues avec Rose-Amélie, qui ne me lâche pas d'une semelle. Mais les choses vont bientôt changer. J'en ai assez d'elle. Je vais porter plainte.

De prime abord, Gérald est un garçon plutôt réservé. Mais quand on le connaît mieux, il devient un véritable moulin à paroles. Il n'a pas une vie familiale de tout repos. Son frère cadet souffre d'un handicap

mental. Ses parents ont dû beaucoup s'occuper de lui. Gérald, qui est un surdoué, a
reçu moins d'attention. Mais il n'en veut à
personne pour cela. Il s'est réfugié dans la
technologie et la photographie. Chacun son
truc.

J'approuve Gérald de porter plainte pour
harcèlement contre Rose-Amélie. Je ne sais
pas ce que ça va donner. Au moins, il ne sera
plus une victime consentante. On sera plusieurs personnes à le soutenir dans sa
démarche. Ça va brasser. C'est moi qui le
dis! Probablement que la direction va vouloir dédramatiser la situation et étouffer l'affaire. Mais Gérald est prêt à aller jusqu'au
protecteur de l'élève pour faire respecter ses
droits. C'est la révolte du *techno-nerd*!

Simon et Gérald sont amis depuis longtemps. Les deux gars sont très différents.
Physiquement, j'entends. Gérald est petit,
maigrichon, et il n'est pas athlétique pour
deux sous. Tous les deux sont d'infatigables
travailleurs. Sans leur persévérance, il n'y
aurait peut-être pas de journal étudiant. Ils

veulent même créer une association de jour-
naux Web d'élèves du secondaire.

Quant à Felipe, il sort amer de cette
affaire.

— La seule chose que je voulais en
venant dans cette école, c'était retrouver la
paix. Même ça, ce n'est pas facile. Ma vie est
un cauchemar depuis quelques années.
J'espère finir par voir la lumière au bout du
tunnel.

◉ ◉ ◉

Maïka organise un party d'Halloween.
Grand-papounet nous prête son atelier, qui
va être transformé en maison hantée. Quelle
occasion inouïe. Mon amie saute de joie.

— Trop cool, un party dans le Vieux. Le
Vieux-Montréal. C'est cool pas à peu près. Je
n'en reviens pas, Carol-Anne. Ton grand-
père est vraiment trop cool.

Tout le monde met la main à la pâte afin
de réussir la fête la plus mémorable. Une
organisation digne d'une grande agence de

relations publiques, comme celle où travaille maman. Même grand-papounet est épaté par tous nos talents réunis. En moins de 10 jours, on doit tout mettre en œuvre. Les tâches sont réparties de la façon suivante :

Maïka	Envoi des invitations par courriel Fabrication des déguisements Achats et préparation du goûter
Gérald	Recherche musicale Responsable de l'éclairage Prise de photos
Jasmine	Responsable des décorations intérieures et extérieures Achats pour le goûter
Carol-Anne	Aide à la décoration Préparation du goûter Accueil des invités

Simon	Recherche musicale Aide à la décoration Musique et animation dans la soirée
Felipe	Plan de la salle Aide à la décoration Remplacement pour la musique

On veut souligner notre dernière fête de l'Halloween au secondaire d'une manière exceptionnelle et délirante. Avec mon petit côté récupération-écolo-équitable, je crois qu'on doit recycler. La planète n'a pas besoin d'autres déchets en plus des dégâts des multinationales. C'est pourquoi j'insiste auprès de Maïka pour qu'on magasine dans des friperies et qu'on conçoive nos costumes à moindre coût, à partir de vêtements d'occasion. C'est tellement plus créatif.

Maïka, qui a des doigts de fée, accepte de fabriquer nos déguisements. Elle possède ce rare talent qui consiste à choisir les bons tissus, associer des couleurs contrastées et travailler les imprimés en vue de créer un tout harmonieux.

Je décide de me déguiser en sac de *popcorn* géant. Tout un défi.

— J'adore ça. C'est une idée géniale. Je vais te faire un costume original. Tu vas voir. Un sac rayé rouge et blanc. Et une capeline jaune éclatant avec plein de maïs tout autour, s'esclaffe Maïka.

On s'amuse ferme et on rit en évoquant nos idées de déguisements. Simon monopolise l'attention et jacasse comme un bon. Ce n'est pas dans ses habitudes. Il en a, des choses à dire.

— Tu vas être la fille la plus tendre et la plus appétissante que je connaisse, me taquine-t-il.

Felipe s'habille en Che Guevara et Simon, en grand aventurier. Maïka, en bouteille de ketchup et Gérald, en Robin des Bois. Jasmine n'a encore aucune idée de ce qu'elle va porter. Elle saura sans doute nous surprendre.

Chapitre 9

Une fête de toutes les couleurs

En entrant dans l'atelier de grand-papounet ce dimanche soir, 31 octobre, je sens une odeur de moisissure. C'est voulu ; nous voulions créer, dès l'arrivée, un troublant parfum mortuaire. Ma large coiffe de *popcorn* se prend dans des toiles d'araignées géantes. Quel désordre ! J'ai l'impression de pénétrer dans un endroit que je ne connais pas. La transformation est totale. Habituellement, cet espace relève plus d'un appartement d'étudiants délurés que d'une maison hantée.

Des canapés et des divans aux dossiers et aux accoudoirs défoncés forment un demi-cercle devant un vieux foyer en pierres grises, bourré de cendres et de feuilles mortes. Une grande marmite noire y a été déposée. Il en sort une fumée mauve mystérieuse et pas très rassurante.

Des poufs aux teintes douteuses servent de tables basses et d'immenses citrouilles, d'appui-pieds. Des squelettes et des chauves-souris pendent du plafond. D'immenses bocaux de verre maculés de traces de doigts ont été disposés sur des tables. Un premier contient un cerveau humain dans le formol. Un autre, des orteils croches et velus. Un troisième renferme des bouts de doigts baignant dans un mélange aqueux vert horripilant.

Tous mes amis sont réunis. Maïka, en bouteille de ketchup élancée, chaussée de ballerines rembourrées. Ses longues jambes ressortent bien dans un collant rouge tomate. Simon, lui, porte une combinaison de camouflage sur des bottes de marche.

Vêtue d'un magnifique cafetan en velours noir, le teint blafard, deux longs crocs dépassant de sa bouche rouge, Jasmine est devenue un vampire. Depuis le temps qu'elle en rêvait! Felipe est craquant, comme d'habitude, et Gérald ressemble davantage à Peter Pan qu'à Robin des Bois avec sa cape trop courte pour lui. Tout le monde s'affaire à sa tâche.

Youpi! L'heure sonne enfin. C'est la fête! En tant que responsable de l'accueil, je me place à l'entrée, sous l'immense arche de bois, pour saluer les invités qui empruntent la porte cochère. Certaines personnes sont tout à fait méconnaissables. Quand elles me donnent leur nom ou retirent leur masque, je m'esclaffe :

— Oh! Pas vrai. Je n'aurais jamais cru.

Ou encore :

— C'est vraiment toi? Je ne t'ai pas reconnu du tout. Bienvenue dans ces lieux sombres, infects et pourris.

Une fois tous les invités arrivés, je fais le tour de la pièce principale. Sur chaque table, on a composé un tableau à la fois esthétique et répugnant, à l'aide de gobelets incrustés de crânes et d'ossements divers qui font très Moyen Âge. Pour ceux qui ont la dent salée, on a rempli des saladiers de croustilles au fromage cheddar orangé et de *popcorn* de la même couleur.

Dans une grande assiette, tout autour de rats noirs monstrueux aux yeux rouges, on a placé des *cupcakes* garnis d'une pierre tombale en pâte d'amande sur laquelle est écrit «TOI». Il y a aussi toutes sortes de friandises inimaginables. Du vrai bonbon!

L'éclairage est terrifiant. Gérald a su créer des zones de fumée violette autour de gigantesques sarcophages et de chats noirs au dos rond qui émettent des sons inquiétants. La musique est super, grâce à Simon. Il tire une paille dans un long cylindre en plastique et la plante entre ses dents. Notre animateur va boire de cette manière-là, question de garder ses deux mains libres.

Agglutinés sur ce qui sert de piste de danse, tous les invités ne forment plus qu'un seul groupe uni dans l'euphorie musicale. Quelle belle soirée! Je m'enivre des musiques du monde et je danse sur des rythmes tantôt syncopés, tantôt plus mélodieux. J'ai tellement chaud dans mon costume. Je commence à enlever des pelures afin de respirer plus librement.

Puis, Simon synchronise d'autres tempos et je danse un slow avec Felipe. Un gars bouillant de révolte et de passion qui peine à contenir tout ce que la vie provoque en lui d'émotions. Mais être collée contre lui ne réveille rien en moi. C'est d'un calme platonique. Je suppose qu'il ressent la même chose que moi. J'aurais imaginé une poussée d'adrénaline. Du maïs soufflé sur le point d'éclater. Je ne sais pas, moi, une sensation forte. Non, rien du tout. Aucun effet.

On échange un simple sourire à la fin. Plutôt danser avec Gérald, tant qu'à y être. Jasmine s'accapare de Simon une bonne partie de la soirée. Quand je dis « s'accapare », le verbe est faible. Elle n'arrête pas de lui poser des questions. Des tas de questions, comme une psy en manque de clientèle. Elle veut le faire parler de lui. De gré ou de force. À un moment donné, il lui dit qu'il va fumer une cigarette dehors. Pour un non-fumeur, c'est plutôt mauvais signe. Felipe le remplace à la barre!

Maïka et Alex ne se quittent pas des heures durant. Ils s'embrassent longuement. Deux tourtereaux seuls sur Terre. C'est beau l'amour!

Un peu avant 22 heures, deux filles qui partagent la même obsession du corps parfait, mais dont le nom ne figurait pas sur notre liste, font leur apparition l'une après l'autre. Cynthia, habillée en Catwoman provocante, avec un décolleté pigeonnant et des oreilles à motif de léopard, et Rose-Amélie, l'impitoyable sorcière, vêtue de cuir noir. Cuissardes, jupe courte, bustier et casque clouté à plumes. Les filles ne font vraiment pas dans la dentelle. Qu'est-ce que je fabrique en sac de *popcorn*?

Je ne quitte pas Rose-Amélie d'une semelle. Elle se lance sur Maïka et la félicite pour la décoration de l'atelier.

— Je suis contente de voir ce que tu as réussi à faire de cet endroit, dit-elle.

Pourtant, c'est Jasmine qui a tout orchestré. Elle a même demandé à des membres de sa famille de nous aider. Il y avait tellement à faire.

— Merci, Rose. Mais tu n'es jamais venue ici. Comment peux-tu dire ça ?

— Je connais tes goûts, répond-elle en regardant Alexandre.

Qu'est-ce qui arrive ? Est-ce que Maïka aurait invité Rose-Amélie sans nous en parler ? Ça me surprend. Je fais signe à Maïka de me suivre aux toilettes. Elle se lève du canapé qu'elle occupe avec son chum. Mon amie vient à ma rencontre en souriant. Sa place doit être encore toute chaude à côté de son amoureux, déguisé en grand rabbin.

Par chance, les toilettes ne sont pas occupées. J'y attends Maïka. Quand elle pénètre dans l'étroite pièce, je lui demande, empressée :

— As-tu invité ces deux débiles-là ?

— Non. Et toi ?

— Absolument pas. C'est qui, d'abord ?

— Moi, j'ai parlé du party à Cynthia parce qu'elle adore avoir peur. Je lui ai décrit les décorations qu'on fabriquait. Je lui ai parlé de l'endroit aussi, dans le Vieux-Montréal. Elle en bavait d'envie.

— Elle a peut-être interprété ça comme une invitation.

— Ou elle voulait écornifler. Ce n'est pas pareil.

— Bon. Maintenant qu'elles sont ici, on n'a pas tellement le choix. On ne va tout de même pas les mettre à la porte. On sait vivre, au moins, et on va leur montrer.

— Advienne que pourra.

— J'ai un seul mot à dire à Rose-Amélie. Je veux qu'elle n'écœure personne. Et surtout pas Gérald. Il nous a tellement aidés pour tout organiser.

— Je suis d'accord avec toi. Vas-y. Sois directe et dis ce que tu penses. Ça va te faire du bien.

Je m'approche des deux super nanas et j'explique, plus particulièrement à Rose-Amélie, quelles sont mes attentes envers elle et Cynthia. Elle tente de se défendre. Je ne bronche pas. Je veux lui fermer le clapet une fois pour toutes.

— C'est à prendre ou à laisser. Si j'entends la moindre médisance sortir de ta

bouche, tu es renvoyée illico. Je m'en assu-
rerai moi-même. Même chose pour Cynthia.

— Je n'aime pas me faire parler comme
ça, tu sauras. Ce n'est pas très aimable.

— Je ne te demande pas ce que tu penses.
Ça ne m'intéresse pas. Je t'informe des conditions pour rester ici, chez mon grand-père.
Tu es chez MON grand-père. C'est moi qui
décide. Je te rappelle que tu n'as pas été
invitée… Tu comprends ce que je veux dire ?

— Bon. Tu ne mets pas de gants blancs
pour parler, toi.

— Je pourrais facilement te rendre le
compliment. Bon… On s'entend ou pas ?
C'est à prendre ou à laisser.

— Je n'ai pas trop le choix, je pense.

— Tu te trompes. On a toujours un certain choix. À toi de décider.

De toute évidence, ce n'est pas de gaieté
de cœur qu'elle renonce à sa fâcheuse habitude. J'en ai assez de ses airs de diva. Quelle
délivrance de lui avoir dit ma façon de
penser ! J'ai réussi à tenir mon bout face à la
fille la plus redoutable de l'école, qui, loin

d'être embarrassée, se pavane comme une conquérante.

Jasmine me lance un clin d'œil complice. L'union fait la force. Gérald vient me voir et je lui explique ce que j'ai dit aux deux filles. Surpris par mon intervention rapide et efficace, il m'embrasse sur les joues. Muni de son inséparable appareil photo, il continue de mitrailler les gens en me parlant.

— Tu as bien fait de la remettre à sa place. Elle est désagréable et se prend pour le nombril du monde. Il était temps que quelqu'un le fasse. On aurait dû réagir avant. Il vaut mieux tard que jamais.

— Moi, j'ai atteint mon quota. Je ne suis plus capable d'en prendre. Mais qu'est-ce qu'elles viennent foutre ici ?

— Rose-Amélie veut probablement voir Simon.

— Hein ! Pourquoi tu dis ça ?

— Tu n'as pas remarqué qu'elle a l'œil sur lui depuis longtemps ?

— Je n'ai jamais pensé à ça.

— Simon est souvent à la campagne le week-end. Elle ne voulait peut-être pas rater l'occasion de le voir à l'extérieur de l'école. Elle doit vouloir se rapprocher de lui. N'oublie pas qu'elle prépare le bal des finissants. Simon est bien vu de tout le monde. Il pourrait l'accompagner. C'est un bon parti, tu ne penses pas?

— Tu n'es pas sérieux…

— Je pense qu'elle s'est servi de Felipe pour rendre Simon jaloux. Toute une tactique! Pauvre fille.

— C'est un cas désespéré. Pathétique.

— Simon ne veut rien savoir d'elle. Elle n'est pas du tout de son genre.

Rose-Amélie et Simon. Quel drôle de couple, tout à fait improbable. Impossible. Ça me dépasse. Simon et Jasmine, je ne dis pas non. Mais Simon et Rose-Amélie, on ne peut pas s'imaginer un couple aussi mal assorti.

En revenant dans l'atelier, le pirate repasse devant moi, me sourit et me demande de danser avec lui. J'accepte volontiers et on s'amuse bien, tous les deux. Puis,

Felipe lui fait un signe et il met un slow. Enlacés l'un contre l'autre, on suit bien le rythme. Ça me donne envie de fondre comme du beurre dans une poêle ; du beurre tout chaud sur du *popcorn*. Malheureusement, l'animateur doit retourner à son poste. On se quitte en se promettant de remettre ça à une autre occasion.

La fin de la soirée arrive. Rose-Amélie et Cynthia sont restées tard. Peut-être à cause de la bonne ambiance qui régnait. Mon petit laïus ne les a pas découragées. Au moins, elles n'ont emmerdé personne. C'est ce qui compte. Sont-elles venues dans le Vieux pour voir Simon ?

Ce n'est certainement pas faute d'avoir reçu des invitations pour festoyer ailleurs. Rose-Amélie sait toujours s'entourer de gens qui la placent sur un piédestal. Elle a besoin de vivre au-dessus de la mêlée. Chez elle, le Moi passe avant tout. Il n'y a qu'elle qui compte, tout le temps. Elle n'a aucune compassion pour les autres.

Il faut commencer à ranger les meubles et les décorations. Chasser les mauvaises odeurs et la fumée en ouvrant les fenêtres. On reviendra demain, après l'école, pour terminer le ménage. Pour l'heure, il faut au moins ramasser les bouteilles vides, les soucoupes et les ustensiles sales.

Grand-papounet doit récupérer son atelier demain matin. Quelle idée d'avoir fait le party un dimanche soir, la journée de l'Halloween. On trouvait ça plus pertinent qu'un samedi. On va payer demain matin, c'est sûr. La levée du corps ne sera pas facile du tout.

Maïka est déjà partie en carrosse avec son prince charmant. Cendrillon devait rentrer tôt, ordre de ses parents. Jasmine a pris congé, car elle était crevée à cause de tout le travail qu'elle a accompli aujourd'hui. Je reste seule avec les trois gars. Gérald regarde ses photos dans un coin. Je vais m'asseoir avec lui. On continue de les passer en revue, l'une après l'autre.

— Ça va nous faire de beaux souvenirs. Cette fête nous en a fait voir de toutes les couleurs. Tu ne trouves pas, Gérald ?

— Peut-être bien. Regarde ça.

Une photo prise à l'extérieur, devant l'atelier, nous interpelle tous les deux. On se regarde, le visage rempli d'incertitude. Il en va de même pour les trois suivantes. Elles forment de fines scènes liées les unes aux autres, comme dans un film. Gérald agrandit un cliché. Les révélations apportées par le zoom sont troublantes.

Dans la voiture noire, une BMW qui l'a reconduite au party, on voit Rose-Amélie avec un homme. On appelle Felipe pour qu'il vienne nous instruire, s'il le peut. Il connaît cette fille beaucoup mieux que nous deux.

On apprend alors que Rose-Amélie est avec son beau-père. On trouve qu'elle l'embrasse curieusement, mais personne n'en est vraiment certain. On décide de partir et on appelle Simon, qui continue de frotter et de nettoyer le plancher avec énergie. Il se fait tard. Dès qu'on sort de l'atelier, Felipe explose :

— Non, mais, ce n'est pas croyable. Qu'est-ce qu'elles sont venues faire à notre party ? Elles ne peuvent pas vivre sans nous, c'est ça ?

À ma grimace, il comprend qu'il ne m'a pas convaincue. Simon reste muet. Un silence de mort s'ensuit. On monte tous dans le même taxi.

Chapitre 10

Des étoiles au bout de tes cils

J'ai mal dormi la nuit dernière. Le manque de sommeil a laissé d'affreuses traces sur mon visage. J'ai les yeux rougis, les traits tirés et une mine épouvantable. Je me lève avec une lenteur désespérante. Quel réveil douloureux! Misère! Je reste sous la douche un bon moment. L'eau est chaude et mon corps a besoin de cette chaleur apaisante.

Je sors de la salle de bain en vitesse. J'applique une couche d'anticerne sous mes yeux et de la poudre libre, du front au menton. Le camouflage est parfait. Un coup de peigne et du mascara noir sur mes cils longs et recourbés. Voilà, le tour est joué! J'ai l'air plutôt fraîche et dispose alors que je suis très fatiguée.

Je m'habille en vitesse. Ce n'est pas tellement compliqué avec l'uniforme scolaire. J'ai le choix entre une jupe bleu marine ou un pantalon de la même couleur. Un polo à manches courtes ou un chandail à manches longues. La créativité n'a qu'à aller se rhabiller !

En passant dans la cuisine, j'attrape une tranche de pain et je la tartine de confiture aux fraises, ma préférée. J'écoute un message que Maïka a laissé dans ma boîte vocale : « Ne m'attends pas au métro, je vais être en retard. » Je pars en vitesse pour l'école et je crie :

— Bye 'man.

J'entends un cri strident et une voix de femme dire très fort :

— Bonne journée, ma grande. À ce soir.

Depuis qu'elle est revenue à la maison avec bébé Ulric, ma mère a beaucoup changé. Elle se sent bien dans sa peau et ça paraît. Tant mieux pour elle, et pour moi aussi.

Geneviève est heureuse et a recommencé à me traiter comme une fille de 16 ans. Ce n'est pas trop tôt. Être une nouvelle maman sur le tard n'est pas de tout repos. C'est peut-être pour ça qu'elle a retrouvé sa taille de guêpe en moins de deux. Il faudrait que je l'imite.

Comme tous les matins de la semaine, mon défi consiste à m'extirper agilement du wagon de métro, en évitant les innombrables passagers qui se pressent de monter, alors que d'autres veulent sortir. Se faufiler vers les escaliers qui mènent à la sortie... Longer quelques corridors et monter une rue qui mène à l'école. J'ai gagné, encore une fois !

Arrivée à Simone-de-Beauvoir, je me sens un peu lasse. Gérald, énervé, fait le pied de grue devant mon casier. Il est tout en sueur. Un vrai paquet de nerfs. Sa plainte pour harcèlement contre Rose-Amélie doit être entendue cet après-midi par le directeur.

— Je suis tellement agité, me confie-t-il. J'ai pris le message en arrivant la nuit dernière. Je n'ai presque pas fermé l'œil depuis ce temps-là. C'est rare que ça m'arrive. Je suis un grand rêveur. Je dors à poings fermés d'habitude.

— Je te comprends. Ce n'est pas facile ce que tu fais. N'oublie pas que c'est le seul moyen de te faire respecter et de retrouver un peu de ta dignité.

— C'est un peu la même chose pour toi.

— Oui, surtout qu'on est à un cheveu de savoir qui m'envoie les textos.

— On saura tout ça d'ici peu.

C'est ce que Gérald me promet.

Au dîner, on parle de notre party d'Halloween. On en parlera encore dans 10 ans. C'était tellement génial. Gérald ouvre son portable et montre à Maïka et Jasmine les photos qu'il a prises. En voyant celles de Rose-Amélie dans la voiture, Maïka, en furie, vire tout de suite au rouge pompier. La fumée lui sort presque des oreilles. Elle s'est embrasée en moins de deux et risque même de s'étouffer en avalant de travers.

— Qu'est-ce qu'il y a, Maïka? s'informe Jasmine.

— Oh merde ! Rose-Amélie est avec son beau-père…

— Ça, on le savait, répond Gérald.

— Son beau-père est l'homme qui vit avec sa mère.

— C'est normal. Il y a un problème, je te gage ?

— C'est le père d'Alexandre. De mon Alex. Il sort avec la mère de Rose-Amélie. Je l'ai seulement appris hier soir, en rentrant chez moi. Alexandre ne m'en avait jamais parlé avant qu'il se retrouve face à face avec elle au party. Ce n'est pas trop cool. J'aurais aimé le savoir avant. Ça me fait sortir de mes gonds. J'ai tellement eu l'air d'une folle.

Embêtée par la réaction de mon amie, je bafouille :

— Le monde est petit.

— Moi, je trouve ça plutôt *hot*, avoue Gérald en faisant une drôle de moue.

◎ ◎ ◎

Monsieur Rimbaud est toujours aussi satisfait de mon travail pour le journal Web. Je dois plancher sur une nouvelle d'ici deux jours. Un célèbre romancier québécois d'origine haïtienne est venu à l'école parler de son métier. J'ai adoré l'entendre relater les moments émouvants de sa vie d'exilé. Il a su nous donner le goût d'écrire. Ce n'est pas anodin. Je veux m'appliquer pour ma nouvelle, car il pourra la lire sur notre site. J'aimerais être à la hauteur.

J'ai tellement de travail par les temps qui courent. Je néglige même ma meilleure amie, qui éprouve des difficultés sentimentales. Elle me le fait savoir sans détour :

— Tu en fais toujours plus pour le journal Web. Tu veux être la meilleure.

— Qu'est-ce que tu racontes, Maïka ? Ce n'est pas vrai. Je fais toujours de mon mieux. Pas plus, pas moins. C'est différent.

— Simon, lui, te trouve parfaite.

— Qu'est-ce que tu racontes ? Et pourquoi tu dis ça ? Tu es fâchée contre moi ? C'est à cause de ton chum. Ça ne va pas comme tu veux avec Alexandre et tu t'en prends à moi. Je connais ton modèle. Quand ça va mal, tu me cherches…

— Ça fait quelques fois que Felipe amène Simon jouer aux quilles.

— Tu changes de sujet. Qui t'a dit ça ?

— Bien, Felipe.

— Le pirate… aux quilles ! Ça ne lui ressemble tellement pas. Lui, il aime pratiquer des activités de plein air. Peut-être même avec intensité. Mais de là à jouer aux quilles, il y a une marge. C'est assez pépère.

— Au contraire. Il aime pas mal ça. Il est plus polyvalent que tu ne le crois. Surtout que ça l'oblige à rester en ville durant le week-end.

— Faut dire que je ne le connais pas tellement. À part des articles pour le journal Web, on n'échange pas souvent ensemble. Des fois, à l'heure du dîner…

— C'est dommage.

— Pourquoi tu dis ça ?

— C'est un gars intéressant.

— Je n'en doute pas une seconde. Il est très vif d'esprit.

— Un gars qui a du goût.

— Probablement.

— Quand je dis goût, je pense au genre de fille qui peut l'attirer.

— Ah non! Pas Rose-Amélie, toujours bien?

— Non. Une fille que je connais et que j'aime beaucoup.

— Ah oui? C'est Jasmine?

— Dring! Dring! Toc! Toc! Il y a quelqu'un? Carol-Anne, tu ne comprends pas? Il faut que je te fasse un dessin?

— Comprendre quoi, bon sang?

— C'est toi, la fille de ses rêves. Il est follement amoureux de toi. Il voit des étoiles au bout de tes cils.

◉ ◉ ◉

Cette nouvelle m'a bousculée. Là, sur le coup, je reste sans voix. Prise au dépourvu, j'ai peine à imaginer qu'un beau gars comme Simon puisse avoir l'œil sur moi. Ou bien il est discret, ou alors je ne m'en suis pas rendu compte. Mais alors, pas du tout. Maïka a vendu la mèche. Est-ce qu'il sait que je sais? Je me demande ce qu'il peut bien me trouver. Felipe pourrait sans doute m'en dire davantage. Pas question que j'aborde ce sujet avec lui.

Maintenant que je connais son attirance pour moi, je ne sais plus comment me comporter avec Simon. Ça va compliquer mon travail au journal étudiant. Devrais-je faire comme si de rien n'était, ou essayer de mieux le connaître? Je me souviens que j'ai bien aimé danser avec lui au party d'Halloween. On s'est même dit qu'on recommencerait.

Si je l'invitais à danser? Ce serait bien. Dire que Rose-Amélie et Jasmine le veulent comme petit ami! Jasmine va m'en vouloir à mort, et je ne veux pas la perdre. J'en ai ras-le-bol des histoires compliquées. Qu'est-ce que je vais devenir? On dit que la nuit porte conseil. J'y verrai sans doute plus clair demain.

◎ ◎ ◎

Le lendemain matin, à l'école, j'apprends que Simon est aussi un génie de l'informatique. Un *techno-nerd* capable de pirater n'importe quel appareil électronique. C'est Gérald qui m'en informe, en même temps qu'il me révèle ce que je pressentais déjà. L'un des clones de Rose-Amélie, Florence, m'envoyait les messages anonymes.

Elle voulait tenter de me discréditer aux yeux de Simon, un gars qui est respecté de tous les élèves. C'est comme si elle avait voulu ternir mon image afin de laisser toute la place à son amie Rose-Amélie. La manigance n'aurait pas fonctionné de toute façon. Simon ne veut rien savoir d'elle.

Ça ne change plus grand-chose, maintenant. Monsieur Rimbaud m'avait déjà mis sur cette piste. Simon a essayé de me protéger pendant un bon bout de temps. Il sait depuis des semaines que Florence est l'auteure des textos que j'ai reçus, probablement encouragée par Rose-Amélie. C'est terminé. Je ne reçois plus rien depuis des jours.

Simon a essayé de confondre Florence. Elle n'a jamais voulu cracher le morceau. Elle est bien trop orgueilleuse pour l'avouer. Il a recueilli des preuves et il veut s'en servir contre elle, si elle recommence. Je ne sais pas où tout ça va nous mener.

Ce qui compte, c'est que je pense que je suis amoureuse. Je n'ai pas dormi de la nuit. J'ai des papillons dans le ventre. Mais Simon ne le sait pas encore. Il va bien falloir qu'on s'en parle. Et s'il me repoussait… Non, ce n'est pas son genre. Qu'est-ce que je connais vraiment de lui ?

⊚ ⊚ ⊚

Simon fait les premiers pas. Il m'invite à aller au cinéma avec lui. C'est excitant. Comment vais-je m'habiller ? Leggins noirs et robe en dentelle gris-beige. Bottillons à talons carrés. Maquillage discret : crayon contour des yeux, mascara marron et bouche recouverte de brillant à lèvres légèrement teinté d'abricot tendre.

Comment va-t-on y aller ? Où est-ce qu'on va se donner rendez-vous ? De quoi va-t-on bien pouvoir parler ? Est-ce que ça va cliquer entre nous ? Et s'il me trouve niaiseuse… Et si je le trouve épais… Et si… Et si… Et si…

Ce n'est pas évident de briser la glace. Quel film va-t-on voir, au fait ?

⊚ ⊚ ⊚

Quelle soirée réussie ! Tout est tellement simple avec Simon. Je le trouve très beau. Irrésistible. Pourquoi ne l'ai-je jamais vu comme ça avant ? Je crois que j'avais peur qu'il ne veuille pas de moi. On se quitte à la station de métro Beaubien. Il me prend par la taille. Mon cœur bat à tout rompre et mes mains transpirent. On s'embrasse, comme si c'est la seule chose qui compte au monde.

J'en reprendrais encore. Bouche pulpeuse et fraîche. Mots d'amour sur ma peau tendre. Je voudrais que des moments pareils n'aient pas de fin. Tomber amoureuse, c'est exaltant, mais je sais aussi que ça peut être compliqué. Disons que j'essaie de ne pas y penser.

— Je n'en reviens pas de la chance que j'ai de sortir avec toi, une fille qui a la tête sur les épaules. Une belle fille à mon goût, chuchote Simon.

Dans ses bras, j'ai plutôt la tête ailleurs. On se souhaite bonne nuit. Je ne marche plus, je vole jusqu'à la maison. Je suis amoureuse. Je ne veux plus d'un aller simple pour Tombouctou. Plutôt rester à Montréal avec mon beau Simon.

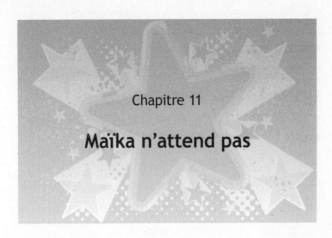

Chapitre 11

Maïka n'attend pas

On marche d'un pas vif à cause du vent. Jasmine semble bizarre, ses deux mains enfoncées dans les poches de son raglan noir. Elle cache quelque chose. Je ne vais pas tarder à apprendre ce qu'elle mijote. Dans une rue en pente pas mal glissante, elle m'avoue sa tristesse, parce que Simon n'est pas amoureux d'elle :

— J'ai l'œil sur lui depuis l'année dernière. T'imagines-tu ? Mais j'existe à peine pour lui. Je capote !

Je l'écoute en silence.

— Je ne suis rien d'autre qu'une bonne amie pour lui. Rien de plus ! Je ne sais plus quoi faire. Plus il me repousse, et plus j'ai envie de lui.

Je voudrais lui dire : « Tu ne serais pas un peu maso sur les bords ? »

On recule. Je réponds plutôt quelque chose de gentil.

— Oui, je comprends.

— Il a l'œil sur une autre fille, j'en suis certaine. C'est ça qui est le plus difficile.

Je fais « oui » de la tête.

— Je veux avoir l'heure juste, une fois pour toutes. Si tu es mon amie, dis-moi la vérité. Dis-moi, c'est toi qui sors avec lui ?

— Oui.

— Ah bon ! C'est ce qu'on dit sur le blogue de Florence.

— Jasmine, je ne veux pas paraître plus fine que toi. Je t'aime trop pour ça. Ce n'était pas mon intention de te piquer Simon. Tu me connais, tu sais que je ne te veux pas de mal.

— Mais oui, je te comprends, Carol-Anne. Mais donne-moi du temps. Ça ne sera pas facile pour moi de vous voir tous les deux en couple ! C'est vrai, tu sais. J'aimerais ça être à ta place. Et depuis longtemps. Ça me fait mal.

Elle continue de parler fort, tout en exprimant ce qu'elle ressent avec beaucoup de gestes. Je l'écoute sans broncher. J'aimerais la prendre dans mes bras, mais je m'en abstiens.

❂ ❂ ❂

Maïka m'invite chez les voisins d'en face pour la soirée. Elle a accepté de garder leur fils pour les dépanner. Il se couche tôt et elle ne veut pas rester seule. On joue à l'ordi et on écrit sur le blogue un peu, tout en placotant.

— Tu penses que Jasmine est fâchée contre moi ? dis-je à Maïka.

— Non, elle doit plutôt se sentir rejetée par Simon. Elle devrait s'en remettre. On est amies, toutes les trois. Pas vrai ? Je sais que tu es amoureuse et je suis folle de joie pour toi.

— Et... toi et Alexandre, est-ce que ça va ?

— Pas pour longtemps encore. Je vais rompre avec lui. Tu te doutes pourquoi ?

— J'ai ma petite idée.

— J'aurais aimé qu'il se confie à moi. Qu'il me dise que son père était le beau-père de Rose-Amélie. J'aurais aimé l'apprendre avant le party, c'est certain. Elle a même dû savoir qu'on se fréquentait avant toi. Tu vois le genre. Tu te souviens, quand on l'a vue au centre commercial au début de l'année?

— Une des rares fois où j'y ai mis les pieds.

— Elle m'avait parlé du beau vendeur de la boutique Europa. Elle savait déjà pour nous deux. J'ai toujours ça sur le cœur. Je me sens trahie. C'est la première fois que ça m'arrive.

— Tu as été placée devant le fait accompli, en quelque sorte.

— Je prends ça dur, tu veux dire. Pas mal dur. Je me suis attachée à lui. C'est pour ça que je vais casser le plus vite possible. Pour me faire moins mal.

— Tu ne lui donnes pas l'occasion de s'expliquer?

— Expliquer quoi? Qu'il m'a prise pour une idiote parce que je suis plus jeune que lui?!

— Ce n'est peut-être pas de cette façon qu'il voit la situation.

— Moi, oui... Mais je redoute et je repousse même le moment où je vais lui parler. *Tonight is the night*[5]. Je vais mettre un terme à notre relation, même si j'ai de la peine. Beaucoup de peine.

— Tes parents vont être soulagés.

— Voyons le bon côté : je vais pouvoir rentrer plus tard.

— Plus besoin d'astuces pour négocier ton couvre-feu.

◎ ◎ ◎

Sitôt après la rupture entre Maïka et son beau Alexandre, Felipe se hâte de consoler ma meilleure copine. Il nous rejoint après les cours, nous fait rire et apporte même les paquets de Maïka quand il va magasiner avec elle. Un véritable chevalier servant. Il

---

5. C'est ce soir que ça se passe.

semble vraiment amoureux d'elle. Il a commencé à esquisser son portrait au fusain.

— Tu ne trouves pas que Felipe en fait trop? dis-je à Maïka.

— Euh... Non. Il est très gentil, très attentionné. Il me fait du bien. On a beaucoup de plaisir ensemble. On ne parle pas de façon superficielle. Ça me fait un bien immense.

— Tu n'as pas peur qu'il se fasse du mal pour rien?

— Pourquoi dis-tu ça? Je ne suis pas comme Rose-Amélie, moi.

— Mais tu ne l'aimes pas! C'est un bon ami. Un point, c'est tout. Il le sait au moins?

— Qui t'a dit ça? Je ne suis même pas certaine de ce que tu avances.

Maïka m'étonnera toujours. C'est curieux, la vie. Les choses arrivent quand on s'y attend le moins. Je sais que c'est évident. Mais je ne l'aurais pas imaginée si heureuse avec Felipe. Mon amie est vite passée à autre chose. Le temps file. Maïka n'attend pas.

◎ ◎ ◎

On s'en va jouer aux quilles. Ça fait des siècles que je n'ai pas tenu une boule entre mes mains. La dernière fois, j'étais en deuxième année du primaire, je crois. C'était pour la fête d'un petit garçon dont j'ai oublié le nom. Mais qu'à cela ne tienne, Maïka a tout organisé. On peut jouer six parties d'affilée, si on veut. On se rend à la salle de quilles en marchant. Ça nous fait prendre l'air.

— Je trouve que c'est difficile de travailler aussi fort sans jamais recevoir d'encouragements en retour, dis-je à Maïka.

— Mais pourquoi faudrait-il t'encourager ? Toi, tu n'as besoin de personne. Tu es solide comme le roc ou le diamant. Tu brilles toute seule. Tu n'es pas comme moi. J'ai toujours besoin d'un gars pour me prouver que je suis séduisante.

— C'est ce que tu penses. Pourtant, il m'arrive souvent de me sentir complètement nulle et pas du tout attirante.

— Si tu savais comment je me sens certains jours… En règle générale, ça finit par passer.

On se regarde et on éclate de rire en même temps. C'est ce que j'aime avec Maïka. On désamorce les situations troubles en riant.

Felipe et Simon nous attendent à la salle de quilles. Gérald arrive en même temps que nous. On s'embrasse en riant. Simon me donne un beau bec sur la joue et me chuchote à l'oreille :

— Tu es belle.

— On a l'allée n° 10, dit Felipe. Laissez vos manteaux dans le petit vestiaire et allez prendre vos souliers à la caisse. On commence immédiatement après.

— Ça fait un bail que je n'ai pas mis les pieds dans un endroit pareil, dit Gérald.

Tout le monde se met à rire. D'ailleurs, on a ri comme des fous pendant des heures. J'ai eu un pointage formidable : 168 pour ma meilleure partie. Après cette activité physique exigeante, tout le monde était complètement épuisé ! Nous sommes allés manger des hamburgers et des frites. Pas trop santé. J'ai remplacé les frites par une salade verte. C'est un bon départ.

◉ ◉ ◉

Rose-Amélie est un irritant perpétuel, une emmerdeuse de première dont on se passe-rait volontiers, mais son influence reste très importante auprès de certaines personnes. Elle a dû présenter des excuses à Gérald et rédiger un texte contre l'homophobie, qui a été publié sur le Web. Elle a dû choisir entre écrire ce que la direction lui dictait ou prendre la porte. Hélas! elle a voulu rester. On a toujours un certain choix.

C'est une fille séduisante, mais sans pro-fondeur, qui considère l'amour comme une maladie. La jolie blonde de 17 ans n'a pas 2 grammes de bon sens. Il y a de quoi réflé-chir. Tout n'est pas aussi simple qu'il y paraît à première vue. On sait que sa mère domina-trice n'accepte pas sa fille avec ses qualités et ses défauts. Une mère centrée sur son nom-bril. Mais ça n'excuse pas tout. Rose-Amélie n'était pas obligée de traiter Gérald de «fif» devant tout le monde.

— Tu vois comme les choses peuvent être trompeuses, dis-je à Felipe.

— Ouais, je l'ai constaté ces derniers temps. Toi aussi, tu t'es trompée.

— Qu'est-ce que tu veux dire par là ?

— Tu n'aurais jamais cru que Simon pouvait faire tout ça pour toi.

— Tu as raison.

— Rose-Amélie, elle, a compris depuis longtemps que Simon voulait te conquérir.

— Ouais.

— C'est pour ça qu'elle s'est servi de son amie Florence pour t'intimider dès le début de l'année.

— Pour me faire perdre mes moyens.

— Pour que tu te sentes mal dans ta peau. Comme ça, tu risquais moins de t'attirer les faveurs de Simon. Pourtant, il était déjà fou de toi.

— Je n'en reviens pas.

— Moi non plus.

— Elle n'accepte pas la compétition.

— Elle s'en débarrasse. Pour elle, la fin justifie les moyens.

— Heureusement, elle n'a pas réussi à gâcher ma vie ni ma relation avec Simon.

— Tant mieux. Moi, je suis plutôt du style «vivre et laisser vivre». Du moment que je peux continuer à m'exprimer avec mes mots et mes pinceaux…

— J'ai remarqué. Tu ne serais pas amoureux?

◉ ◉ ◉

Monsieur Rimbaud est fier de présenter les gagnants du premier volet du concours de poésie. On a tous voté pour nos deux poèmes préférés, sans en connaître les auteurs. Ils seront ensuite soumis à une autre étape, à l'échelle régionale. Les membres du jury, deux enseignants, ont également voté.

— C'est mieux de ne pas savoir qui a écrit le texte. On ne subit aucune influence. C'est un choix personnel, insiste monsieur Rimbaud.

Puis, il lit le poème gagnant :

— *Douce agonie.*

«Il y a des îles, des isolés en ville. Dans un nid de taudis, une chemise se remet en

question, un crayon fait le point sur sa composition, un dictionnaire effeuille ses der-
nières propositions, un cheveu d'automne
tombe sur un veston, une rime ne sait plus
que dire, désespérément ivre du verbe vivre.
La lumière cherche un courant d'air, une
bière divorce d'un verre, un cendrier cesse
de fumer, une allumette perd le feu de la
conversation, le papier prend la poubelle
pour un vaste laboratoire expérimental. Le
temps passe, l'amour reste, disent les vieux.
Les poètes ne croient plus aux mots, ils
imitent le cri des animaux. Pourtant, ils y
reviennent, comme à la plus haute forme de
critique. Une assiette fait la planche, c'est
dimanche. L'armoire de cuisine a le ventre
creux. Faire venir du chinois et s'endormir
sans lui, douce agonie. »

Tout le monde applaudit. Le prof donne
le nom de l'auteure. Il s'agit de l'une de mes
bonnes amies : Jasmine. Quant à Simon, il a
remporté le deuxième prix pour *L'Écrin de
mes rêves*.

La grande lauréate du concours me toise d'un drôle d'air. Qu'est-ce que je vais faire ? Comment arranger les choses entre nous deux ? Ce n'est pas ma faute si Simon a du mal avec son look, qu'il trouve morbide. Sans parler de sa manie de poser des questions sans arrêt, ce qui énerve beaucoup les garçons.

Jasmine m'a dit qu'elle avait besoin de temps. Je vais respecter sa demande, parce que je ne veux pas la perdre. C'est une bonne amie. Et les vraies amies sont rares. Je sais de quoi je parle.

Ce soir, je soupe avec grand-papounet. J'ai hâte de lui présenter Simon. J'espère qu'ils vont bien s'entendre, tous les deux. J'ai besoin de l'un comme de l'autre.

☺ ☺ ☺

Simon me raccompagne chez moi après un agréable souper avec grand-papounet. Il me prend dans ses bras. C'est fou, mais j'en ai les larmes aux yeux. Je le sens si fort. Je me sens forte, moi aussi. Il se dégage de l'étreinte, le visage totalement épanoui, et me tend un biscuit chinois, en disant :

— Brise-le, il y a un message pour toi dedans.

— Une surprise ?

— Ouvre-le, tu vas voir. C'est un peu tôt, mais je ne pouvais plus attendre.

Il s'agit d'une invitation pour Noël : « Vous trouverez le bonheur dans le regard que vous porterez sur les choses autour de vous, surtout pendant le temps des Fêtes, avec Simon, dans le chalet des Cantons-de-l'Est. »

Trop long pour un biscuit chinois. Parfait pour moi. On s'embrasse.

Je ne verrai plus jamais les Fêtes de la même manière, c'est certain. Je me réconcilie avec moi-même. Plus que jamais, la grosse fille s'éclate !

L'écrin de mes rêves

«Dans l'écrin de mes rêves, je te revois comme un être précieux. Je me couche tôt et je sens aussitôt ta main dans la mienne, ta bouche contre la mienne, et je t'aime. D'aussi loin qu'une chanson lointaine, je t'aime. Cette vision me bouleverse et m'enchante. D'une force envahissante, elle glisse sur mes lignes les plus intimes et se moule aux premiers gestes du désir. Doux frôlements de notre rapprochement, où l'on se réinvente au cœur de la préférence.»

REJETE
DISCARD

AdA
éditions

www.AdA-inc.com
info@AdA-inc.com